순이

숨이

이경자 장편소설

사□계절

그리움과
존중과
사랑으로 쓴다.

슬픔의 발원지를 헤매다

『순이』의 마지막 문장을 써 놓고 잠깐 손이 멈췄다. '끝' 자를 써야 할까? 의문이 들었다. 끝이라고 쓰지 못했다. 내가 울고 싶어 한다는 느낌이, 마치 타인의 것인 양 '관찰'되었다. 이때, 명치끝에서 배꼽 사이, 그 드넓게 여겨지는 공간 속에서 뭉클한 덩어리가 느리게 움직이는 선명한 느낌에 붙들렸다. 이게 뭐지? 뜨겁지도 않고 묽은 액체도 아닌 질량감은.

아이가 산도를 빠져나올 때의 쓰라리고 뜨겁고 후련한 것과는 달랐다. 순식간에 뭉클한 덩어리가 내 몸에서 탈출하는, 그 놀라운 분리의 느낌은 없었다. 『순이』를 완성했다고 행복해하면서 초고를 출판사에 넘기고도 한동안 뭉클하던 덩어리를 잊지 못했다. 대체 너는 뭐니?

이제 그것이 무엇인지 알 것 같다. 슬픔의 고향으로 가는 길은 어렵고 두렵다. 그래서 모든 고향으로 난 길섶엔 조목조목 그리움이 손짓하는지 모른다.

『순이』의 제목을 써 주신 신영복 선생님, 그리고 사계절출판사 강맑실 사장님, 김태희 팀장께 감사드린다. 세상 모든 '순이'에게 사랑과 눈물의 인사를 보낸다.

2010년 6월 이경자

1

 순이는 한동안 눈을 깜빡거리다가, 꾹 감았다가, 그러고는 할 수 없다는 듯이 눈을 떴다. 여느 날처럼 반짝 뜨기 싫었다. 장작불 빛같이 환한 방 안의 햇살도 반갑지가 않았다. 순이는 이불 바깥으로 나와 대자리 방바닥 위에 아무렇게나 놓인 제 오른손을 망연한 눈길로 바라보았다. 잠이 막 깰 때, 사타구니 에 넣었다가 화들짝 빼낸 손가락엔 아직 밍밍하고 척척한 오줌이 묻어 있는 것 같았다.

 순이는 속이 상했다. 모든 것이 나쁜 꿈 때문이었다.

 갑자기 순이 앞으로 개울물이 나타났다. 개울은 한눈에 쏙 들어오게 작았다. 순이는 고개를 숙이고 발밑의 개울물을 들여다보았다. 개울물은 이상하게 노리끼리했다. 햇빛에 물이 들었나? 생각하며 하늘을 쳐다보았다. 구름도 없는데 해는 어디 갔는지 보이지 않았다. 순이는 철이를 놀래킬 때처럼 갑자기 오른발을 개울물에 철퍽 담갔다. 물이 사방으로 하얗게 튀었다. 순이의 입이 보란 듯, 벌어졌다. 왼발도 그렇게 했다. 한 발 한발 앞으로 내디뎠다. 그러다가 순식간에 개울물이 없어졌다. 순간 순이는 제 아랫도리로 더운 물이 좔좔 흘러나오는 걸 알았다…….

순이는 누운 채 젖은 광목 빤쓰를 벗었다. 흠뻑 젖어 뻣뻣해진 광목은 도르르 말리면서 내려갔다. 순이는 살갗이 쓰라려 얼굴을 있는 대로 찡그렸다. 무어라고 욕을 하고 싶은데 입에서 나오지 않아 그저 입술만 부어올랐다.
오늘따라 많이도 적셨다. 개울을 한참 건넜기 때문이다. 순이는 걱정이 됐다. 이번만은 할머니가 돌아오기 전에 감쪽같이 숨겨야 했다. 또다시 마당 건너편에 사는 병학이네로 소금을 얻으러 간다는 건 생각하기도 싫었다. 이불은 젖지 않은 데가 겉으로 나오게 둘둘 말아 아랫목 구석에 밀어 놓고, 젖은 빤쓰와 바지는 갈아입으면 그만이었다.
키를 뒤집어쓰고 소금을 얻으러 갔던 게 닷새 전이었다. 머리에 뒤집어쓴 키 위에다가 병학이 어머니가 왕소금을 냅다

던지면 우박 맞는 것보다 더 귀가 먹먹해졌다. 그뿐만이 아니었다. 병학이 어머니는 우레같이 소리를 질렀다.

"요녀러 오줌싸개 또 왔구나아! 에이끼! 다시는 오줌 싸지 마러라아!"

하지만 우박이나 우레보다 더 싫은 게 있었다. 방문을 아주 열어젖힌 채 옳다꾸나 웃어 대는 병학이였다. 어찌나 부끄럽던지, 죽어도 오줌을 싸지 않겠다고 결심했다. 그날 이후로 순이는 장거리에 갈 때는 병학이네 집을 피해서 갔다.

오줌 싼 걸 들키면 안 되는 다른 이유는 아버지였다. 할머니는 아버지에게 순이가 겨우내 몇 번이나 오줌을 싸서 이불이 당해내지 않는다고 말해 버렸다. 물론 할머니가 일러바치려고 그랬던 건 아니었다. 오줌이 배어서 도무지 어쩌지 못한 할머니가 날 풀리기를 기다리지 못하고 홑청을 빨아 넌 게 화근이었다.

"한 번만 더 오줌을 싸 봐라! 다리몽댕이가 안 분질러지너!"

그날 밤 아버지가 으름장을 놓았다. 순이는 속옷을 벗어 맨 싸둥이로 이불 속에 숨었고, 순이의 속옷 솔기에 하얗게 슨 서캐를 터뜨리다가 성에 차지 않아 이로 잘근잘근 씹던 할머니는 움찔해서 서둘러 순이를 감쌌다.

"아이구우 아범두, 그런 말 말게. 우리 순이가 어디가 빙신이래야 맨날 오줌을 싸지, 안 그러너?"

할머니는 아버지와 순이에게 번갈아 물었다. 아버지는 아무 말이 없었지만 순이는 이불 속에서 조마조마했다. 사타구니를 바짝 붙이고 갑자기 오줌이 마려운 것도 참았다.

아버지는 무서웠다. 한번 화를 내면 집이 무너져 내릴 것 같았다. 어머니는 매를 맞아 눈두덩이 시퍼런 적이 많았고, 순이도 종아리에 붉고 푸르게 죽죽 금이 생긴 적이 있었다. 가느다란 싸리나무 회초리는 살갗을 맵게 파고들었다. 게다가 아버지는 힘이 아주 셌다. 키도 크고 손은 솥뚜껑 같았다. 발길질 몇 번으로 부뚜막을 부서뜨린 적도 있었다.

그럴 땐 집안 식구들이 슬슬 피하고 숨기만 했다. 할아버지는 담뱃대를 들고 슬그머니 동무들이 모인 곳으로 마실을 가고, 할머니는 곳간이나 뒤란에 숨어 앓는 소리로 아버지를 욕했다. 아버지를 욕하는 것이지만 자세히 들어 보면 모두 할머니 자신을 나무라는 것이었다. 저런 놈을 낳고 미역국을 먹은 당신이 잘못이라는 것이다. 순이와 철이는 불침을 맞은 토끼새끼처럼 어른들 눈치를 살피며 여기저기 숨거나 피해 다녔다.

그래도 아버지를 상대할 수 있는 사람은 어머니였다. 어머니는 아버지의 화가 한풀 삭을 때쯤 다가가서 말을 붙였다. 그러면 아버지는 화를 더 내거나 아니면 마지못한 듯 수그러들었다.

어머니가 장거리에 옷 수선집을 낸 뒤로는 아버지가 주로 그곳에서 지냈기 때문에 순이는 훨훨 날 것 같았다. 그런데 왜 가끔 여기 와서 자는지, 순이는 그게 이상했지만 묻지 않았다.

물어봤다간 뭔가 덤터기를 쓸 것만 같았다.

감쪽같이 새옷으로 갈아입고 이불도 마른 쪽으로 개켜 놓자 순이는 마음이 편안해졌다. 벽에서 떼어 낸 껌을 짝짝 씹으며 벌렁 누워서 벽에 붙은 나비를 구경했다. 제가 손가락으로 뚫은 문구멍으로 비쳐 든 햇살이 벽에 붙어서 하늘거리는 나비가 되었다.

순이는 할머니 발소리를 들은 것 같았다. 평화롭던 마음에 후드득 빗방울 같은 것이 떨어졌다. 꿀꺽 침을 삼키고 귀를 기울였다. 할머니의 발소리는 언제나 도둑고양이 같았다. 고무신 신은 발로 흙마당을 자분자분 디뎠다.

할머니가 와도 걱정은 없었다. 이불은 갰고 젖은 빤쓰는 방구석에 구겨 박았다. 할머니는 절대로 알지 못할 것이다. 순이는 껌을 짝짝 씹었다. 내일쯤이면 찰기가 없어져서 가루처럼 풀릴 게 뻔해도, 껌이었다.

하지만 할머니가 가져올 누룽지 생각에 순이는 껌을 꺼내 집게손가락에 달랑 올려놓고 고개를 갸웃거렸다. 그러다 할머니가 올 때까지만 씹자고 생각하고는 다시 입에 넣었다.

오늘은 영이에게 누룽지를 주겠다고 약속했다. 영이도 누룽지를 좋아했다. 누룽지를 주면 영이와 금방 단짝이 되었다. 누룽지는 정말 좋았다. 할머니가 가져오는 하얀 쌀밥 누룽지를 오래도록 씹으면 고소하던 맛이 엿물처럼 달달해졌다. 집에서는 제삿날이나 명절이 아니면 하얀 쌀밥을 하지 않았다. 하얀 쌀밥을 할 때도, 밥이 준다고 누룽지는 눌리지 않았다.

"순이야아!"

순이는 발딱 일어나 문을 열어젖혔다. 젖혀진 방문 가운데 보란 듯이 서서 입을 한껏 벌리고 웃었다.

"할머이!"

순이가 어리광이 듬뿍 밴 목소리로 할머니를 불렀다.

할머니는 순이의 눈길이 닿은 당신의 손을 슬금 내려다보았다. 할머니 입가에 깨소금을 감춘 웃음이 비꼈다.

"먼 일루 하마 일어났너?"

할머니는 짐짓 시침을 떼고 물었다.

순이가 맨발로 뜰방에 내려섰다. 할머니는 주머니 속의 손 아귀에 든 누룽지를 힘껏 쥐었다. 그저 손이 시려워 주머니에 찔러 넣었거니, 그렇게 보일 작정이었다.

"할머이! 빨리 와 봐!"

"왜서?"

"누룽지 얼릉 내놔!"

"뭐얼?"

할머니가 입술을 빼물고 뚱한 목소리로 물었다.

"에이!"

순이가 몸을 비틀며 소리쳤다. 주먹 하나를 추켜들어 등 뒤로 넘겼다.

14

할머니가 눈을 하얗게 흘겼다. 그러면서도 주머니에 든 누룽지를 꺼내 순이 앞으로 쓱 내밀었다. 순이 얼굴이 환해졌다. 순이의 주먹이 언제 등 뒤에서 내려와 할머니 손아귀에 있던 누룽지 덩어리를 낚아챘는지 몰랐다. 할머니는 그 자리에 선 채 누룽지를 오도독오도독 깨물어 먹는 순이를 하염없이 바라보았다. 그러고는 두 팔을 벌려 순이의 몸을 포옥 힘주어 껴안았다.

"순이야, 니 맘에 있는 말 그대루 해 봐. 할미가 좋너, 누룽지가 좋너?"

할머니가 꿈결인 듯 감겨드는 목소리로 물었다.

순이는 대답하지 않았다. 누룽지도 좋고 할머니도 좋았다. 할머니는 이런 난처한 걸 자주 물었다. 할머이가 좋너 어머이가 좋너, 할애비가 좋너 아범이 좋너?

순이는 늘 아무렇게나 대답했다. 그건 생각하면 할수록 어려웠고 잘 대답하려고 마음먹으면 대답이 떠오르지 않았다. 하지만 할머니가 무엇을 원하는지 차츰 느끼게 되었다. 할머니가 좋다는 말을 듣고 싶을 때면 그랬기 때문이다.

할머니는 순이를 안고 순이 입에서 새 나오는 오도독 소리를 들었다.

"할머이, 낼두 밥하러 가너?"

순이가 씹어 먹던 누룽지를 반 나마 남긴 채 할머니에게 물었다.

"그럼, 가구말구!"

"낼두 누룽지 꼭 가주와!"

말하고 나서 순이는 할머니의 입을 바라보았다. 할머니는 아무 말도 하지 않았다. 순이를 바라보지도 않았다.

"응?"

순이는 갑갑증이 나서 큰 소리로 다그쳤다.

그제야 할머니가 순이를 바라보았다. 공연히 입술을 삐죽 내밀어 보였다. 짜증이 난 순이가 짐짓 눈을 부라렸다.

"니가 말 잘 들으문 가주오구 안 들으믄 둘남이 간나나 줘 삐리지, 뭐."

할머니가 느릿느릿 말했다. 둘남이는 순이네 동네 딸부잣집 막내딸 이름이었다.

"에이, 할머이 나뻐!"

순이는 할머니 말이 거짓말일 거라고 생각하면서도 젖은 목소리로 징징거렸다. 할머니는 기다렸다는 듯이 순이를 다시 힘껏 안았다.

"니 맘성엔 할미가 둘남이를 줄 거 같너? 우리 강아지가 멀쩡히 있는데두? 야, 넌 할미 맘을 그렇게 몰르너?"

순이는 대답하지 않았다.

"천치래서 몰르지?"

할머니가 약을 올렸다.

"다아 알어!"

16

순이가 버럭 소리 지르며 할머니 품에서 빠져나왔다. 할머니는 흐뭇한 표정이었다.

사실 할머니는 요즘 들어 걱정이 되긴 하였다. 오늘도 아침밥을 먹는 군인이 둘이나 줄었다. 우레 같은 포 소리가 들리지 않은 지 꽤 됐다. 어쩌다 먼 데서 콩 볶는 총소리가 들리기도 했지만 이내 잠잠해졌다. 설악산 이골저골, 여러 등성이를 타고 도망가던 빨치산들을 몰살했다는 소문이 심심찮게 돌았다. 읍내에는 불탄 집터가 점점 줄어들었다. 남으로 피난 갔던 집들이 삼팔선을 넘어 고향으로 돌아와 집을 지었다. 삼팔선 대신 새로 생긴 전선은 멀찌감치 고성 땅까지 올라가 있었다.

할아버지가 바빠진 건 농사일도 그렇지만 집을 짓는 데 품을 팔기 때문이었다. 할아버지는 이런저런 일을 잘했는데, 특히 구들을 잘 놓는다고 소문이 났다. 할아버지가 놓아 준 구들은 불길이 잘 들고 아래윗목 따로 없이 방이 골고루 따뜻했다.

"순이야, 니 오늘 할미하구 나물하러 갈란?"

"얼루 가유?"

순이가 할머니를 말끄러미 쳐다보며 물었다.

"그럼 요누무 니 대가리룬 나물하러 바다루 갈 것 같너?"

할머니가 순이의 정수리를 손가락으로 톡톡 치며 말했다. 순이가 눈을 잔뜩 찡그렸지만 얼굴엔 호기심이 가득했다.

"산으루 가너?"

순이가 물었다.

"산엔 안죽두 눈이 허연데 뭔누무 나물이 나겠너? 붕근, 너메(북문 넘어) 밭으루나 가야지. 나생이랑 달룩이랑 쑥이랑 해다가 밥에두 안체(안쳐) 먹구 국두 끓애 먹어야지. 봄엔 그런 걸 먹어야 기운을 채린다!"

할머니가 기지개를 켰다. 마음은 벌써 둔덕 양지바른 밭에 가 있었다. 눈이 녹은 축축한 검은 흙에서 솟아난 달래를 캐면 향기가 그윽했다. 하얀 알이 달린 달래를 고추장에 무치고 초간장에 무치면 우거지밥이나 감자밥도 없어서 더 못 먹었다. 나물을 캘 때면 시간이 어떻게 가는지 몰랐다. 소쿠리에 꼭꼭 눌러 담은 나물이 흘러넘쳐야 허리를 폈다. 실한 냉이를 만나면 뿌리를 손가락 사이에 넣어 흙을 훑어 내고 단맛이 우러나도록 씹었다. 싱그러운 단맛은 말로 할 수 없었다.

된장으로 냉잇국을 끓이고 쑥국을 끓이면 당신의 큰아들, 순이 아비가 좋아했다. 할머니는 특히 순이 아비에게 쌉싸래한 쑥국을 많이 먹이고 싶어했다. 그래야 늘 허방을 딛는 마음이 가라앉을 거라고 생각했다. 화를 잘 내고 어른이 되고서도 제 성질을 누를 줄 모르는 건, 조상이 허방에 떠서 그런 거라고, 할머니 친정 동네의 무당이 말해 줬었다. 조상이 허방에 떴다는 게 무슨 뜻인지 몰라도 할머니는 쑥국이 좋다는 말만은 믿었다.

"안 가!"

한동안 생각하던 순이가 단호하게 소리쳤다.

"왜서?"

할머니도 그런 목소리로 물었다.

"나물이 싫어! 맨날 누가 나물 먹는데?"

순이가 눈을 샐쭉하게 뜨고 말하자, 할머니가 어이없는 눈으로 바라보았다.

순이는 성당에 가야 했다. 거기서 영이와 만나기로 했다. 할머니가 양귀신(洋鬼神) 들린다고 못 가게 해서 순이는 영이 이름을 입 밖에 내지 않았다. 하지만 나물밥이 싫은 것도 사실이었다.

"이누무 지즈바야, 쌀이 읎는데 그럼 나물이래두 안 처먹으문! 니는 요누무 배때기 곯어 죽어두 좋너?"

할머니가 잔뜩 겁을 주는 목소리로 순이의 배를 살짝 누르며 말했다.

순이의 입술이 삐죽 나왔다. 눈시울도 이내 젖었다. 할머니는 굳었던 표정을 풀었다.

"누룽지 아꿉너?"

할머니는 누룽지를 반쯤 남겨 손에 꼭 움켜쥔 순이의 손을 감싸 잡으며 속삭였다. 순이가 고개를 깊이 끄덕거렸다.

"어여 다 먹어. 낼 또 가주오잖너."

할머니가 말했다.

순이는 터질 듯한 웃음을 소리 없이 웃었다.

2

순이는 깨금발로 걸었다. 멀리서 보면 꼭 춤을 추는 것 같았
다. 누룽지를 받고 기뻐할 영이를 상상만 해도 순이의 몸은 저
절로 나비가 되었다.

순이는 찻길에 서서 잠시 좌우를 살펴보았다. 요즘 들어 자
동차가 부쩍 줄었다. 한때 줄을 지어 지나가던 군인 트럭이나
지프차도 보이지 않았다. 차가 지나가면 하얀 먼지가 구름처
럼 일었고, 순이는 그 먼지구름 속으로 들어가 춤을 추는 게 아
주 재밌었다. 영이도 마찬가지였다. 먼지가 가라앉고 나면 속
눈썹과 머리에 온통 뽀얗게 내려앉은 먼지를 쳐다보고 서로
손가락질하며 배를 잡았다. 그저 참을 수 없이 우스웠다.

길을 건너면 공터였다. 공터에는 원래 내무서와 감옥소가
있었다고 했다. 전쟁을 하는 동안 그 안에서 빨갱이와 국군 들
이 죽었다고 하였다. 폭격으로 무너진 건물 더미에 깔려 죽은
사람도 있었다고 했다. 이래저래 죽은 사람이 많아서 특히 어
른들은 그곳을 좋아하지 않았다. 비가 오면 사람 우는 소리가
난다는 소문까지 돌았다.

그러건 말건 순이와 영이는 주로 그곳에서 놀았다. 잔해 더
미에는 깨진 벽돌이 많지만 성한 벽돌도 있었다. 성한 벽돌을
주워서 네모지게 칸을 만들고 몇 장 치켜 쌓으면 방이 되었다.
아무렇게나 쌓아 올린 벽돌을 잘 치워 놓으면 굴이 만들어지

기도 하였다. 몸을 납작하게 눕히고 지렁이처럼 굴속으로 기어 들어가면 기분이 유난히 좋았다. 순이와 영이만의 세상이 만들어진 것 같았다. 두 아이는 혹시라도 둘만의 은신처가 어른들이나 다른 아이들에게 알려질까 싶어 들어갔다가 나온 뒤에는 깨진 벽돌로 구멍을 막아 놓았다.

공터는 넓었다. 공터 뒤로는 성당에 오르는 언덕길이 닦여 있었다. 산에서 흘러내린 가파르고 낮은 자락은 모두 헐고 깎아서 평지를 만들어 성당은 꼭 젖무덤 같은 산 위에 홀로 서 있었다. 먼먼 옛날엔 산신각이 있었다고 했다. 언덕길은 점점 왼편으로 구부러지며 가팔라졌다. 왼편으로는 공터, 오른편으로는 풀과 잡목이 우거진 벼랑이었다. 벼랑 밑에 있던 관공서 건물은 폭격에 무너져 내렸다. 지난겨울에 군인들이 잔해를 치웠는데, 원래 있었던 관청이 다시 들어설 거라고 했다.

농사일이 없을 때면 할아버지도 공사장에서 일을 했다. 순이 아버지도 어쩌다 가끔 날품을 팔았다. 하지만 원래 그런 일을 할 줄 모르는 사람이었다.

아버지는 연극배우였다. 원산에서 공부할 때는 교사가 될 거라고 했는데 무슨 연유로 배우가 되었는지 아무도 몰랐다. 극단은 주로 공장이나 농장처럼 사람들이 많이 모이는 곳에서 공연했다. 아버지는 한 번도 유명한 적이 없었지만 이름만 대면 알 수 있는 배우들과 함께 다닌 걸 자랑스러워했다. 그러나 그것도 아주 잠깐이었다. 지금은 극단에 있었던 것조차 입에 올리지 않았다. 집안 식구 누구나 그랬다.

아버지는 전쟁이 나기 얼마 전에 집으로 돌아와서 우울한 표정을 감추지 못한 채 담배만 피우며 지냈다. 어머니는 아버지가 반동으로 몰려 반년이나 형무소살이를 하다가 집으로 돌아왔다는 걸 알고, 아버지한테 운이 좋다고 했다.

어쨌거나 식구들은 모두 아버지가 더 이상 '딴따라'가 아닌 걸 좋아했다. 하지만 아버지는 폐인 같았다. 집 안에만 처박혀 있어서 얼굴이 양잿물에 삶은 광목처럼 창백했다. 성깔은 마른 가랑잎 같아서 하찮은 일에도 파르르 타올라 상대를 공격했다. 아무도 아버지한테 함부로 말을 붙이지 못했다.

그런 아버지가 전쟁이 터지자 혼자서 피난을 떠났다. 남은 가족들은 아버지의 그림자를 잊지 못해 멀리 피난 가지 못하고 겨우 삼팔선만 넘어 주문진에서 지냈다. 한여름을 그곳에서 나고 할아버지 혼자 고향으로 갔다가 그해 겨울에 다시 주문진으로 피난 나왔다. 할아버지는 그때도 아버지를 만나지 못했다고 했다.

아버지를 다시 만난 건 두 번째 수복이 되고 나서였다. 전쟁 이듬해 동짓달 중공군이 밀려와 두 번째 후퇴를 할 때, 고향 땅 양양은 불바다가 되었다. 불바다가 된 고향이 다시 국군의 손에 들어왔을 때 할아버지는 식구들을 데리고 양양으로 돌아왔다. 더 이상 전쟁이 없을 거라는 소문도 돌았지만 논밭전지와 조상들의 묘를 지척에 두고 거지 생활을 할 수 없어서였다.

22

할아버지는 돌아오지 않는 아버지를 죽은 사람으로 여겼었다. 할머니가 절대 죽지 않았다고 우겨도 할아버지는 믿지 않았다. 하지만 4월이 되자 식구들이 고향에 모두 모였다. 그 뒤로는 다시 피난 가는 일이 없었다. 불탄 잿더미에서 흙을 파, 인민군과 국군을 피해 감춰 두었던 쌀독을 꺼내고 장이며 간장도 꺼냈다.

피난에서 돌아오지 않았거나 이북으로 넘어간 것이 확실한 집의 잿더미도 파서 먹을거리를 가져왔다. 사람들이 영영 돌아오지 않을 집들은 뻔했다. 바로 빨갱이들의 집이었다. 물론 그들에게도 친척이 있었지만, 집터나 텃밭 근처에도 얼씬하는 사람이 없었다. 그리운 내색을 하면 죽을병에 걸리기라도 할 것처럼 냉정하고 또 냉정했다.

아버지는 혼자 피난을 떠났던 것처럼 식구들보다 먼저 돌아와 군부대에서 살고 있었다. 군복을 입진 않았어도 군인이라고 했다. 새로운 세상에 딱 맞는 사람으로 달라진 아버지 덕분에 식구들은 모두 활기에 넘쳤다. 가장 신바람이 난 건 순이 어머니였다. 장거리에 판자로 집을 지어 가게를 내고 옷 수선 일을 하게 된 것도 아버지 덕이었다. 물론 재봉틀도 부대에서 가져온 것이었다. 할머니가 마을 사무소에서 군인들 아침밥을 해 주는 것도 아버지 덕이었다. 아버지는 모든 군인들과 잘 통했다. 속초 미군부대에는 아버지와 함께 연극을 했던 원산의 동무도 있었다.

오르막길 중턱에서였다. 순이는 갑자기 발걸음을 멈췄다. 입안에 있어야 할 껌의 행방이 문득 궁금해진 것이다. 할머니가 가져온 누룽지를 먹을 때 삼켰는지, 아니면 도로 벽에 붙여 놨는지 도무지 알 수가 없었다. 오늘 하루는 더 씹을 수 있는데, 삼켰을지도 모른다고 생각하니 속이 울컥했다.

껌은 주로 영이한테 얻었다. 신부님이 준 껌이었다. 신부님은 왜 영이에게만 껌을 주는지, 순이는 눈이 새파란 신부님을 생각하며 언덕길을 올랐다.

영이네 집은 성당보다 낮은 곳에 있었다. 성당으로 가는 언덕길 끝머리에 산등성이를 깎아서 터를 다지고 집을 지었다. 기다랗게 방을 네 칸이나 들이고 가운데에 부엌을 낸 집이었다. 영이 아버지는 성당 '회장님'이었다. 한국말을 잘 못하는 신부님을 대신해 성당의 모든 일을 도맡아 했다.

순이는 영이네 마당으로 들어서다가 문득 발소리를 죽였다. 첫 번째 방 앞에 고무신이 세 켤레 놓여 있었다. 할머니들 목소리가 들렸다. 수녀님이 들려주는 말소리를 한꺼번에 따라 하는데, 조금씩 박자가 틀려서 이가 맞지 않았다. 목소리가 어른어른 겹쳐 들렸다. 요리문답을 배우지 않은 순이도 어느새 저절로 외고 있는 것들이었다. 글자를 읽을 줄 모르는 할머니들은 수녀님을 따라 요리문답과 기도문을 외웠다. 성탄절에 영세를 받기 위해서였다. 영세를 받으면 죽어서 예수님과 함께 천당에서 산다고 했다. 성당에 와서 신자가 되면 누구나 그렇게 믿었다.

순이는 할머니들 방을 지나 영이네 방 쪽으로 살금살금 다가갔다. 할머니들 방에서 "내 탓이오! 가슴을 치라." 하는 소리가 들려왔다. "가슴을 치라는 빼구요." 수녀님 목소리도 들렸다. 순이는 수녀님 목소리를 흉내 내며 저 혼자 웃었다.

순이가 영이야, 부르려고 할 때였다. 방문이 바깥쪽으로 활짝 열렸다. 순이는 깜짝 놀랐지만 이내 허리를 구부리고 배꼽 잡는 시늉을 해 보였다. 영이의 얼굴이 꽃잎처럼 환히 열렸다. 그러나 영이는 웃는 얼굴과는 반대로 순이에게 발길질을 했다.

"왜서 웃너?"

영이가 무뚝뚝하게 뱉었다.

"수녀님이 가슴을 치라를 빼라는데, 할머니들은 자꾸만 가슴을 치라 안 그리너."

"그기 뭐이 우습너!"

영이가 짐짓 화를 냈다.

순이 얼굴에서 웃음기가 싹 가셨다. 정말루? 그런 표정으로 영이를 쳐다보았다. 순이는 망연했다. 영이는 두 팔을 양껏 벌려 문설주를 잡고 섰다. 순이는 영이 팔 사이로 방 안에 시선을 던졌다.

잠깐 침묵이 흘렀다. 순이는 방 안에 흩어져 있는 종이를 보고, 얼른 주머니에 든 누룽지를 꺼내 영이 앞으로 내밀었다. 드문드문 먼지가 붙어 있었지만 눈에 잘 띄지 않았다.

"에계계, 제워 이거?"

영이는 아기 주먹만큼도 안 되는 누룽지를 받아들며 한껏 비웃었다. 하지만 이내 입안에 넣어 반 토막을 내 꼬드득꼬드득 씹어 먹었다. 순이는 영이가 누룽지 먹는 야문 소리를 듣고 있다가 영이의 눈을 바라보며 물었다.

"마숩너?"

할머니가 순이에게 물을 때와 비슷했다. 영이가 비죽 웃으며 고개를 가로저었다. 순이가 입을 빼죽였다.

"바보!"

영이가 불은 누룽지 밥알 사이로 바보, 이랬다. 그리고 발랑 뒤돌아서며 들어오라고 했다.

순이는 그 말이 무슨 뜻인지 단번에 알았다. 신발을 허둥지둥 벗어 던지고 문지방을 넘었다. 방바닥에는 종이 인형이 펼쳐져 있었다. 그 옆에 작은 상자가 있고, 상자 속엔 크기가 조금씩 다른 크레용이 있었다. 순이는 미처 앉지도 못하고 눈으로 크레용 개수를 세었다. 모두 일곱 개였다.

영이가 먼저 앉았다. 손에 들었던 누룽지 조각을 마저 입에 넣고 와드득와드득 씹으며 종이를 제 앞에 바로 놓았다. 크레용 통도 끌어당겨 그 옆에 놓았다. 순이의 침 넘기는 소리가 꼴깍 들렸다. 몇 초 지나지 않아 그 소리가 또 들렸다.

"니 이기 뭔 줄이나 아너?"

부러움에 숨이 멎을 것 같은 순이에게 영이가 물었다.

순이가 영이를 바라보았다. 만져 봐. 영이가 그렇게 말하는 표정을 지었다. 순이의 손이 크레용 상자로 그림자처럼 다가가서 크레용 일곱 개의 몸 위를 쓰다듬었다.

"이런 건 어디서 났너?"

순이가 수줍게 물었다.

"미국에서 왔어."

영이가 대수롭지 않다는 듯 대답했다. 순이가 영이를 쳐다보았다.

"미국이…… 어딘지 아너?"

순이가 머뭇거리며 물었다. 순간 영이가 피이, 입안에서 퍼지는 웃음소리를 냈다.

"미국은 천당이야!"

"천당?"

순이가 흥분한 목소리로 물었다. 영이는 모른 척 대답하지 않았다.

"거가 어딘 줄 아너?"

순이가 다시 물었다.

"넌 까맣게 몰러."

영이는 눈을 반짝이며 자기를 쳐다보는 순이에게 어른처럼 말했다. 순이는 조바심을 치며 영이가 다음 말을 해 주길 기다렸다. 눈길이 간절했다.

"땅을 자꾸자꾸 파문 기와집이 나와. 거기가 미국이야."

영이가 실눈을 자우룩이 뜨고 말했다. 그러고 나서 알지? 다짐의 눈길로 순이를 한 번 바라보고, 다시 종이 위로 허리를 굽혔다.

순이는 영이가 종이 인형 머리카락을 노랗게 칠하는 동안 침묵했다. 가슴이 뻐근해졌다. 자꾸만 '천당'과 '미국', 그리고 '천당 미국'이 머리에서 맴돌았다.

"영이야."

순이가 더는 참지 못하고 색칠하기에 몰두해 있는 영이를 불렀다.

"왜서?"

"얼마나 파문 나와?"

"미국?"

"응!"

순이가 대답하자마자 영이는 허리를 들고 바로 앉아 고개를 갸웃하고 생각했다.

"땅끝! 땅끝끝끝까정!"

영이가 두 손을 한껏 휘둘러 둥글게 해 보이며 끝끝끝, 소리쳤다.

순이의 눈이 휘둥그레졌다. 황홀한 표정이었다. 영이가 소리 없이 아주 만족한 웃음을 지어 보였다. 입을 다물고 훅, 숨을 내쉬었다.

"다른 사람들두 다 아너?"

순이가 비밀스럽게 물었다. 영이는 아랫입술을 입안으로 말아 들였다.

"아무두 몰러!"

영이가 작은 소리로 말했다. 순간 순이의 얼굴은 환희와 경이로 뒤범벅이 되었다.

"그럼 영이야, 우리 둘이 파 볼란?"

순이가 물었다.

이번엔 영이의 눈이 휘둥그레졌다. 미국이 천당이라는 것, 땅을 파면 나온다는 건 알지만 땅을 파 볼 생각까진 못했다. 영이는 손에 잡고 있던 크레용을 내려놓고 두 주먹을 쥐었다.

"니 땅 팔 수 있너?"

영이가 주먹을 내려다보며 나직이, 한 번도 그래 본 적이 없는 침착한 목소리로 물었다.

"응!"

순이가 대답했다. 천당과 미국에 갈 수만 있다면 땅 파는 건 아무것도 아니었다. 순이는 이제껏 지금보다 더 떨리고 부풀어 본 적이 없었다.

곧 영이가 주먹 쥔 손에서 새끼손가락을 폈다.

"약속해!"

영이는 새끼손가락을 순이 앞에 내밀었다. 순이도 제 새끼손가락을 영이의 손가락에 걸었다. 가슴에서 물기가 쓱 올라와 눈시울을 적시는 것 같았다.

약속을 하고 난 뒤, 영이는 오빠 책상 서랍에서 종이 인형을
한 장 더 꺼내 순이에게 주었다. 크레용 상자도 순이 앞으로 밀
어 놓았다.

"이거 내가 칠해?"

순이가 떨리는 목소리로 물었다.

"그래! 천당에 가문 이딴 거 아주 많어!"

영이가 자신감 넘치는 목소리로 말했다.

순이의 눈에서 눈물이 후드득 떨어졌다. 하지만 입에서는
기쁨에 넘치는 웃음소리가 나왔다. 영이도 순이의 등허리를
툭 치면서 웃었다.

순이는 입술부터 새빨갛게 칠했다.

"우리 할머니는 이렇게 새빨갛게 칠하문 쥐 잡어먹은 입술
이라구 욕하는데."

순이가 말했다.

"성당에 안 댕게서 그런 말 해."

"성당 댕기문 쥐 잡어먹어두 되너?"

"그럼!"

"우리 할머니두 성당 댕기라구 해야지."

"저 할머이들 있지? 구호물자두 많이 가주가."

영이가 비밀스럽게 말했다.

할머니들은 아직도 요리문답을 배우고 있었다. 순이는 입술

을 삐죽 내밀었다. 할머니가 걱정이었다. 구호물자가 얼마나 좋은지 할머니는 모르는 것 같았다. 엄청 속이 상했다.

3

할머니는 뜰방에서 나물을 다듬다가 졸았다. 아직 바람결은 차가워도 한낮의 남향 뜰방은 볕이 따가웠다. 할머니는 순이가 달음박질로 마당에 들어서는 소리도 듣지 못하고 고개를 푹푹 꺾었다.

"할머이이!"

순이가 할머니를 소리쳐 불렀다. 할머니가 화들짝 놀라 허리를 곧추 폈다. 그러고도 눈을 거슴츠레 떴다.

"할머이이!"

순이가 할머니 곁에 납작 붙어 앉으며 숨이 넘어갈 것처럼 불렀다.

"요너러 간나!"

할머니는 입술을 닭 똥구멍처럼 오므리고 순이를 반겼다.

"이거 말짱 다아 할머이가 캤너?"

순이가 할머니 옆구리에 제 작은 몸을 박아 넣을 듯이 붙이고는 바구니를 바라보며 물었다.

"그럼 귀신이 해 줬을라구?"

할머니가 중얼거리며 냉이 중에 뿌리가 커 보이는 것을 두엇 골라 손가락으로 흙을 훑고 입안에서 침으로 한 번 더 씻어 순이에게 주었다. 순이가 냉이 뿌리를 아작아작 씹었다. 그 입술을 하염없이 바라보던 할머니가 침이 고인 목소리로 물었다.

"마숩너?"

"응! 아주 마수워!"

"니는 이 할미가 좋너, 나생이가 좋너?"

할머니가 시침 뚝 뗀 표정을 하고 짐짓 사무적으로 물었다.

순이는 할머니 마음을 다 안다는 듯이 쳐다보고는 씩 웃었다. 여전히 할머니는 순이의 대답을 들어 보려고 얼굴에서 눈을 떼지 않았다.

"날래 말해 봐. 그기 뭐이 어룹너? 니 요 맘에 든 걸 말하문 되잖너."

할머니가 손가락으로 순이의 가슴팍을 건드리며 말했다.

"나생이가 더 조워!"

순이가 큰 소리로 대답하고 눈을 가늘게 떴다. 좁아진 눈자위로 웃음기가 잘금잘금 흘러내렸다.

"그럼 니 나생이하구 살어!"

할머니가 순이를 밀어내며 골난 목소리로 말했다.

할머니의 손힘이 여느 때와 달라 순이는 흠칫 할머니를 쳐다보았다. 할머니는 이마에 주름이 잡히고 눈꺼풀도 처져 있었다. 순이는 고개를 숙였다.

할머니는 웃음을 참느라 입술을 깨물고 부러 모른 척 끙! 무릎에 힘을 주며 일어서서 바구니를 들고 부엌 쪽으로 걸어갔다. 순이의 하는 양이 궁금해 뒤통수가 근질거렸지만 뒤돌아보지 않으려고 애썼다. 그러나 부엌에 들어가자마자 할머니는 자기가 방금 했던 생각들을 모두 잊었다. 순이가 마당으로 달려올 때 한 손에 들고 있던 것이 문득 떠올라서였다.

할머니는 살그머니 부엌 문턱에 서서 뜰방을 바라보았다. 당신 생각엔 순이가 울거나 입술이 닷 발은 나온 채 독을 써야 했다. 그런데 순이는 하얀 종이를 펼쳐 들고 정신없이 들여다보고 있었다. 할머니는 숨도 죽이지 않고 다가갔다.

"니 그기 뭐인데 그리너?"

할머니가 물었다.

순이는 저도 모르게 종이를 등 뒤로 돌리다가 이내 무릎에 올려놓았다. 그러고는 우쭐한 표정으로 할머니를 쳐다보았다.

"뭔 년의 대가리가 노랗너? 도깨빈기다, 야!"

할머니가 종이에 칠해진 노란 인형 머리카락을 굵은 손가락으로 가리키며 중얼거렸다.

"할머이, 그런 말 하지두 말어! 이건 미국 사람이야!"

순이가 정색을 하고 말했다.

그러나 할머니는 아무리 미국 사람이 뭐래도 노랑 대가리는 우스웠다.

"정말 이쁘지? 나두 이렇게 될래!"

순이가 낮지만 다짐이 꾹 밴 목소리로 말했다.

"쥐 잡어먹은 입술에다가 눈깔은 시퍼렇게 멍이 들구, 뭘 보구 놀래서 눈깔은 딱부리너?"

할머니는 한껏 트집을 잡았다.

할머니는 새카만 머리가 좋았다. 동백기름을 발라 매끈하게 빗으면 저렇게 부하게 들뜬 노랑머리는 비할 바가 못 된다. 그리고 여자가 눈이 동그랗고 크면 팔자가 좋지 않다는 옛말도 있다.

순이는 종이를 도르르 말아 바지 주머니에 꽂으려고 애썼다. 주머니가 얕아서 종이는 꽂히는 듯 다시 빠져나오곤 하였다. 할머니가 빼앗을까, 순이는 핼금핼금 할머니 눈치를 살폈다.

"그거 니 천주당 여시한테 은언?"

할머니가 돌아서며 물었다.

순이는 속이 상했다. 영이를 여시라고 하는 것도, 성당을 천주당이라고 아무렇게나 부르는 것도 싫었다. 순이는 성당에는 천주님이 살고 천주님은 사람들이 죽으면 천당에 데려가고 천당은 아주 좋은 데라고 할머니한테 말해 주었다. 할머니는 그 좋은 델 누가 안 가냐, 사람들이 다 가자면 하늘 문이 터질 거라고 대수롭지 않게 말했다.

순이는 할 수 없이 종이를 접었다. 아무리 인형 얼굴에 접힌 자국이 나지 않게 하려 해도, 잘 안 됐다. 종이는 여러 겹 접혀서 순이의 바지 주머니로 들어갔다.

할머니는 솥에서 감자밥 그릇을 꺼냈다. 아궁이에 불기운이 남아서 숭늉은 아직 뜨듯하고 감자밥도 미지근했다. 순이는 할머니가 부뚜막에 차린 밥그릇에서 감자에 붙은 쌀알을 손가락으로 떼어 먹었다. 고추장과 시퍼런 무청 김치 종발을 가져온 할머니가 밥알 뜯어 먹는 순이의 손목을 툭 건드렸다.

"먹는 거 가지구 깨지락대문 뭐이 되는 줄이나 알어, 몰러? 거러지 돼, 거러지!"

할머니가 순이 앞에 마주 앉으며 말했다.

할머니는 밥알은 물론 쌀알 한 톨 버리지도 흘리지도 않고 살아왔다. 쌀이 없어 수숫대궁을 물에 삶아 먹은 적도 있었다. 땅에서 나는 것 중에 안 먹어 본 것 없이 산 세월도 있었다. 그러나 아이에게 나락 귀한 줄 알라고 말해 봤자, 쇠귀에 경을 읊는 거나 마찬가지였다.

할머니는 무청을 이로 잘게 잘라 순이의 밥그릇에 놓아 주었다.

"어여 먹어! 니는 그래두 호강하는 기여."

할머니는 순이로서는 알아들을 수 없는 말을 중얼거렸다. 그러고는 순이가 건성 들고 있는 숟가락을 잡아 밥을 얹고, 그 위에 김치를 포개 순이 입에 대 주었다. 순이는 억지로 입에 넣었다.

"니가 시절을 잘 타구 나서 망정이지, 왜정 때하구 인공 때

우덜은 죽지 못해 살었어, 이누무 간나야. 생각만 해두 진절머리가 나는데 요새 것덜은 뭘 알기나 하너? 아가리루 밥이 들어가니 그런 기다 하지. 대관절 귀하구 아꾸운 걸 몰르니 저런 것덜이 어른이 되면 시상이 어뚷게 될라너 몰러."

할머니가 두 숟갈, 세 숟갈 떠먹이며 계속 혼잣말을 하였다. 배를 곯던 시절, 부황이 들어 얼굴이 호박처럼 부풀었던 사람들, 돌림병이 돌면 픽픽 쓰러져 죽던 모습이 한꺼번에 스쳐 지나갔다. 할머니는 부르르 진저리를 쳤다. 순이는 혀에서 반기지 않는 감자밥과 고추장과 김치를 주는 대로 꾹꾹 씹어 삼켰다.

"옳지, 내 강아지!"

마지막 밥숟갈을 받아먹자 할머니가 소리쳤다. 순이가 할머니를 쳐다보며 웃었다.

"밥두 다 처먹었으니 할미랑 웅굴(우물)루 가자, 응? 나물두 씻구 물두 질어 오게."

할머니가 말했다.

"응!"

순이는 기다렸다는 듯이 큰 소리로 대답했다.

할머니는 빈 밥그릇을 물 칠하듯이 한 번 씻어서 부뚜막에 엎어 놓고 고추장 종지며 김치 종발은 바가지로 덮어 선반에 얹었다.

순이는 할머니가 다듬어 놓은 나물 소쿠리를 머리에 이고 마당으로 나갔다. 마당 끝에서 아지랑이가 거미줄처럼 아롱거렸다. 순이는 잠자리를 잡을 때처럼 아지랑이를 잡으려고 가만가만 다가갔다. 아지랑이는 몇 걸음 다가서지 않아 거짓말처럼 지워졌다.

"에이!"

속은 것 같아 순이는 이렇게 내뱉었다.

"순이야, 넌 이걸루 물 길어 와라. 나물은 날 주구."

할머니가 머리엔 항아리를 이고 양손엔 나물 씻을 다라이와 주전자를 들고 말했다. 순이는 부신 듯 실눈을 뜨고 할머니 머리를 쳐다보았다. 작은 똬리에 얹힌 둥그런 항아리는 손으로 잡지 않아도 떨어지지 않았다. 할머니가 소쿠리를 받고 주전자를 건넸다.

순이는 주전자를 받아 들었다. 노란 색깔이 드문드문 벗겨진 주전자에는 주로 술을 담았다. 한식날이나 추석 때면 술을 담아 들고 식구들이 모두 산소로 갔다.

작년 추석에는 주전자를 들고 가다 철이와 싸워서 넘어졌다. 아버지가 얼른 다가와 주전자를 바로 세웠지만 반이나 엎질러졌다. 화가 난 아버지의 얼굴이 붉었다. 매를 맞을까 봐 순이는 눈앞이 캄캄해졌지만 아무 일 없었다. 그래도 잠시 동안 공포에 질렸던 걸 생각하고 철이가 미워져, 나중에 어른들 몰래 철이를 꼬집었다. 꼬집혀서 파랗게 멍이 든 철이 팔뚝을 보고 어머니는 순이를 때렸다.

우물에는 아무도 없었다. 우물 뚜껑은 닫혀 있고 두레박은 뚜껑 위에 놓여 있었다. 가운데가 접히도록 만들어진 우물 뚜껑은 뒷사람이 없을 때면 닫고 돌아갔다. 순이는 모르는 일이지만, 아주 오래전 어느 집 며느리가 우물에 빠져 죽었다. 그래서 뚜껑을 만들어 덮었는데, 처음엔 나무 뚜껑을 덮다가 몇 해지나서 함석 지붕을 씌웠다. 우물은 일 년에 한 번씩 물을 다 퍼내고 청소를 했다. 우물에 살면서 샘물이 마르지 않게 도와주는 용신을 위해 밥과 나물과 북어를 쪄서 대접했다.

할머니는 문이 모두 닫힌 마을 사무소 숙사(宿舍)를 잠깐 바라보았다. 여기에 와서 밥을 해 주며 버는 돈, 짬짬이 주머니에 들고 나오는 것들, 깨소금이며 기름에 더러는 백미까지, 생기는 게 짭짤했다. 모두 남쪽 사투리를 쓰는 남자들은 할머니의 좀스러운 손버릇을 눈치채지 못했다. 할머니는 밥해 주는 일이 곧 없어질 것 같아 아쉽고 아쉬웠다.

전쟁이 나서 사람이 죽고 피난을 가는 건 안타까운 일이지만, 이렇게 생각지도 못하게 남 없는 벌이도 생겼다. 큰며느리인 순이 어미에게 생긴 돈벌이도 다 전쟁 덕이었다. 그저 재봉질을 하는 건데 한 해 벌어 논을 사고 밭뙈기도 사지 않았던가. 돈이라는 게 그렇게 좋았지만, 너무 좋아서 할머니는 도리어 섬뜩했다.

할머니가 나물을 모두 씻고 항아리에도 물을 다 채웠을 때, 순이는 한사코 주전자엔 제가 물을 길어 붓겠다고 앙탈을 부렸다. 할머니는 말리지 못하고 도랑에 푸릇푸릇 솟아오른 미나리를 뜯을까 더 놔둘까 궁리하며 바라보았다.

두레박 물의 반은 주전자에 들어가고 반은 제 신발로 흘러들어도 순이는 아랑곳하지 않고 두레박질을 했다. 두레박이 시멘트 벽에 닿아 덜컹거렸다.

"니가 질래 두레박을 웅굴에 빠채라! 얼매나 혼이 날라구!"

할머니가 더 두고 보지 못하고 잽싸게 두레박을 빼앗았다. 순이는 젖은 제 신발을 벗어 물을 쏟았다. 발등의 튼 살갗으로 차가운 물이 스며들어 쓰라렸다. 아프다고 말하지는 않았지만 얼굴이 저절로 찡그려졌다. 할머니는 모른 척하고 항아리를 이었다.

이때 자박자박 고무신 발소리를 내며 둔덕에 사는 아주머니가 우물로 내려왔다.

"순이 할머니유!"

둔덕집이 반갑게 인사했다. 할머니가 입에 물었던 똬리 끈을 뱉었다.

"자네 시아부지 소상이 은제더라?"

"담 달 열엿새래유."

"그렇지. 그렇게 됐을 거여, 지난해 봄에 초상났으니."

"그런데유, 그 말 들었어유? 분이네유."

갑자기 둔덕집이 목소리를 한껏 죽여서 속삭였다.

"분이네? 난 몰러. 먼 일이 났녀? 사람두 읎는 집에서."

할머니도 낮은 소리로 물었다.

"사람이 읎긴 왜서 읎어유. 사나만 읎지 분이 할머이에 분이 어멈도 있잖어유."

"분이 어멈이야 정신이 나가서 방구석에서 나오질 않는다는 데, 그걸 사람으루다가 치너?"

"그런데유, 그 집에 분이가 돌어왔대유."

"분이가 와? 그 지즈바가 피난길에 안 죽언?"

"폭격 때 그만 분이 어멈이 손을 놓쳤다잖아유. 네 살 먹은 아들은 폭격에 죽구 여섯 살 난 딸은 잃어버리구, 그래서 어멈 이 실성한 거래유."

"그런데 분이가 살어서 돌아왔단?"

"낙산 고아원에서 델구 왔대유."

"누가 델구 와?"

"집안 사람이 델구 왔겠지유, 뭐. 아덜 찾으러 낙산으로 줄 나라비를 섰대유."

분이가 돌아왔다는 소식은 한동안 동네를 떠돌다 가라앉았 다. 분이네는 여자뿐이었다. 내무서에 다니던 분이 아버지와 인민위원회에서 일하던 분이 할아버지는 북으로 올라갔다. 동 네 사람들은 분이네와 잘 어울리려 하지 않았다. 순이 할머니 도 마찬가지였다.

"순이야, 니 분이란 간나 만내두 모른 체해라. 알언?"

집으로 돌아오는 길에 할머니가 순이에게 단단히 일렀다.

"할머이, 난 분이 몰러!"

"하여간에 질깡에서래두 분이를 만내문 고개 푹 숙이구 피해! 알언?"

"응!"

순이는 그저 알겠다고 아무렇게나 대답했다.

할머니가 왜 저렇게 당부하는지, 왜 만나지 말아야 하는지 몰라도 순이는 막연하게 무서웠다. 생전 본 적도 없는 도깨비나 귀신이 무서운 것과 조금 비슷했다.

하지만 무서움은 금세 사라졌다. 반대로 할머니는 부엌에서 된장에 냉잇국을 끓이며, 데친 냉이를 고추장에 무치며, 달래를 초간장에 재우며 전쟁 나기 전의 번듯하던 분이네 여덟 칸 기와집이 그해 겨울 불에 반쯤 타다 남은 것과, 이듬해 봄 국군이 미군과 함께 다시 치고 올라간 뒤에 동네 사람들이 몽둥이며 곡괭이며 삽으로 그나마 남아 있던 집을 마저 부순 것, 그 양반집 안주인인 분이 할머니가 무릎 꿇고 울면서 빌던 모습을 두서없이 떠올리며 뒤숭숭해했다.

요즘도 장거리에서 분이 할머니는, 자기 남편 때문에 농토를 머슴에게 빼앗기고 소작농들에게 나눠 줘야 했던 사람들에게 삿대질을 당할 때가 있었다. 분이 어머니는 어느 날 벌건 대낮에 총을 든 민간인 옷차림의 남자들에게 잡혀가고, 그다음엔 밤에도 잡혀가고 또 잡혀가길 여남은 차례 한 뒤로 헛소리를 하며 정신을 잃었다. 집 밖에 못 나가는 병에 걸렸다고 했다. 정신이 멀쩡한 분이 할머니도 바깥으로 잘 나가지 않았다.

고아원에서 분이를 찾기 전까지는 그랬다.

4

사금파리는 까맣게 재가 쌓인 집터에 많았다. 아직 집주인
이 돌아오지 않았거나 북으로 가서 영영 돌아오지 않을 것 같
은 집터는 누가 밭을 일궈 채소를 심기도 하고 그냥 버려두기
도 했다. 그런 곳에는 돌무더기와 벽돌과 검게 그을린 구들장
더미 사이사이로 사기그릇이나 유리병 깨진 것들이 있었다.
올해 들어 부쩍 그런 공터가 없어지긴 했다. 주인들이 돌아와
여기저기 빈터에 집을 짓고 있었다.

그래도 장거리로 나가는 길가에는 빈터가 남아 있었다. 순
이는 그런 빈터에서 혼자 사금파리를 주워 모았다. 구부러지
고 녹이 슨 못도 주웠다. 못은 땅을 파고 나물을 캘 때 요긴하
게 쓰였다. 또 영이에게 못을 주면 그 애 오빠가 돌에 갈아 칼
을 만들어 주기도 하였다. 칼이 있으면 풀을 썰 수 있었다.

순이의 바지 주머니는 사금파리 조각으로 두둑해졌다. 어머
니는 그런 것들을 넣어 다니느라 주머니를 자주 찢는 순이를
대놓고 미워했다. 순이는 주머니가 찢어져서 공깃돌이나 사금
파리를 넣을 수 없으면 하는 수 없이 어머니를 찾아가 기워 달
라고 졸랐다. 야단맞을 게 뻔해도 어쩔 수 없었다.

어머니는 자투리 천을 모아서 작은 주머니를 만들어 고무줄까지 끼워 주었다. 공깃돌이나 소꿉놀이에 쓸 것들을 넣어 다니라고 했다. 하지만 순이는 하루 만에 영이에게 주어 버리고는 주머니가 두둑하게 자갈이며 사금파리를 넣어 다녔다.

어머니는 순이를 보면 역정이 솟았다. 어머니는 순이가 곱게 자라 주기를 바랐다. 흙 만지는 걸 싫어하고 벌레를 무서워하고 깨끗한 것을 좋아하는 여자로 컸으면 했다. 그래야 나중에 어른이 되어도 그렇게 깔끔하고 곱게 살 것이었다. 그런데 순이는 어머니의 바람과 영 딴판이었다. 꿈틀거리는 지렁이를 호기심이 가득한 얼굴로 구경하고, 막대기로 건드려 자꾸만 몸통을 꾸물럭거리게 하였다. 솜털이 가시같이 돋은 쐐기벌레, 몸통을 반으로 접으며 움직이는 자벌레, 파란 배추벌레, 심지어 이와 벼룩, 빈대도 꺼려하지 않았다.

언젠가 가게 앞에서였다. 철이가 제 고추를 빼서 손으로 추켜들고 벌레들 위에 오줌을 갈기자 순이는 벌레를 가로타고 앉아 그 위에 오줌을 누었다. 어머니는 재봉하다 우연히 그 모습을 보고 순간 울화가 치밀었다. 자신이 손에 흙을 묻히는 일, 그러니까 오뉴월 장마 끝의 질척이는 밭에 들어가 김을 매고 부뚜막에 매흙질을 하는 건 오직 가난해서였다. 딸로 태어났기 때문에 배운 게 짧은 탓도 있었다.

그러나 지금은 달랐다. 돈 세상이 왔기 때문에 돈으로 무엇이든지 할 수 있었다. 어머니는 현실을 영리하게 알아차렸다.

밭에서 하루 종일 김을 매는 것과 방 안에서 재봉틀을 굴리며 돈을 버는 건 하늘과 땅만 한 차이가 났다.

이 집에선 아직 아무도 어머니만큼 돈의 가치를 느끼는 사람이 없었다. 특히 시어머니는 바보 중의 상 바보였다. 산이나 들로 다니며 나물이나 하고 구람(도토리)이나 주우며 겨우 입에 풀칠만 하면 달리 불만이 없을 사람이었다.

어머니는 자신을 위해선 잔돈푼도 아꼈다. 쌀 한 톨 아껴서 논밭을 사고 이자를 놓고 그래서 아들딸 모두 서울로 대학을 보내는 게 목표였다. 그런 자신의 희망도 모르고 땡볕에도 강아지처럼 싸돌아다니는 순이를 어찌해야 할지 어머니는 가끔 속이 상했다. 어리석고 본디 없이 자란 탓에 잘살려는 욕망조차 없는 시어머니와 함께 지내서 그런가, 생각할 때도 있었다.

그래서 순이를 가게에서 지내게도 해 보았다. 하지만 단 하루를 편안하게 넘기지 못했다. 순이의 노는 꼴이 단박에 눈에 거슬렸다. 무언가 오래 묵은 욕이 꾸역꾸역 올라오는 기분이었다. 상대가 겨우 여섯 살 난 딸이라는 생각도 못한 채 더럽다, 천하다, 저걸 여자라고 할 수 있느냐, 똥개같이 살려고 그러느냐, 저것 팔자는 보나마나 사납다…… 심지어 내가 무슨 죄를 져서 저런 걸 낳았느냐, 저걸 낳고 미역국을 먹었으니 내가 사람이냐, 하고 욕에 욕을 치쌓아 나중엔 누가 욕을 먹는 건지, 자신이 누굴 욕하고 있는 건지, 분간조차 되지 않았다.

그래도 화가 풀리지 않으면 순이 어머니는 들은 척도 않고 당신 눈길을 피해 철이와 놀고 있는 순이에게 벌처럼 달려가 머리끄덩이를 잡아당기고 등때기를 후려쳤다. 몇 번이나 후려치다가 순이가 버티지 못하고 얼굴을 흙바닥에 처박으며 엎어지면 번쩍 정신이 돌아와 손을 털곤 했다.

순이 어머니는 자신도 자랄 때는 순이와 다르지 않았으며, 지즈바가 사내같이 논다느니, 저런 게 사람이 되면 내 열 손가락에 장을 지진다느니 어머니한테 온갖 악담을 들었던 걸 기억해 냈다. 기억은 슬그머니 가슴 깊은 곳으로부터 슬픔보다 나쁜 서러움을 거미줄 치듯 끌어 올리곤 하였다.

서러움은 어머니를 허망하게 했다. 허망을 물리치는 건 일이었다. 돈을 벌자! 돈을 벌어 자식들을 가르치자! 순이가 공부하겠다면, 가르쳐 봤자 남의 집 자식 만드는 거지만, 가르치자! 이런 결심을 하며 서러움의 싹을 뭉갰다.

순이는 가게에서 돌아올 때면 대개 울거나 훌쩍거렸다. 눈물 자국이 거무튀튀한 지렁이가 되어 기어 내리는 얼굴에 콧물을 늘어뜨리고 "할머이, 할머이!" 부르며 마당으로 들어섰다. 그러다 할머니가 부엌이나 방 안에서, 또는 뜰방에서 순이를 바라보면 갑자기 흑흑 느껴 울었다. 물론 할머니가 없을 땐 이내 울음을 그쳤다. 저절로 그렇게 되었다. 할머니도 울면서 당신에게 오는 순이를 더 좋아하는 것 같았다.

오늘도 그랬다.

"아이구우, 내 강아지! 왜서 우너? 누가 우리 강아지를 울랜? 가서 퍽퍽 패 줄란다!"

할머니는 자기 품 안으로 들어오는 순이의 얼굴에서 누렇게 비어져 나온 코를 손가락으로 훑고 손바닥으로 눈물도 닦아 주었다.

"에미가 욕핸? 때랜?"

할머니는 순이를 병아리처럼 품었다.

순이는 그 따뜻함에 한바탕 더욱 흐느낀 다음 철이와 어머니를 두루 욕했다.

"어멈이 니가 고거 하나 안 달고 나왔다고 또 괄세했잖!"

"고거 하나"라고 말할 때 할머니는 손가락을 잽싸게 순이의 사타구니에 집어넣었다 뺐다. 이런 일은 한두 번이 아니었다. 순이는 어떤 땐 질색하고, 어떤 땐 웃고, 어떤 땐 간지러워 허벅지를 비틀었다.

"삼신할미두 야속하지. 뭐이 미워서 우리 순이를 그누무 거 하나 달어 주지 않구 내보냈너?"

할머니는 자신의 말과는 달리 신이 난 얼굴이었다. 할머니는 앞치마 끝을 뒤집어 순이의 얼굴에서 코를 닦아 주고 손가락에 침을 묻힌 뒤 순이 얼굴에 생긴 실지렁이들을 문질렀다. 그러다가 목덜미로 기어 내려오는 검은 이를 보면 손톱으로 앙칼지게 집어서 엄지손톱에 넣고 톡 터뜨려 죽였다.

"봐라! 이누무 이를! 아꾸운 니 피를 이가 다아 빨어 먹으니, 니 뺨따구에 버짐이 안 피겐!"

할머니가 이를 잡아 죽이며 힘주어 말했다.

순이는 이가 피를 빨아 먹는대도 무서워하지 않고 호기심이 생겨 할머니가 손으로 내리누르는 머리통을 홀쩍 들었다.

"에계계!"

순이는 보잘것없는 피에 실망해서 혀를 찼다.

"그럼 넌 피가 철철 흘러야 좋겠?"

할머니가 나무라는 목소리로 말했다.

이를 잡는 할머니나 할머니 무릎에 얼굴을 댄 순이나 이런 시간이 좋았다. 할머니가 머리카락 사이를 샅샅이 뒤져 가며 이와 서캐를 잡으면, 순이는 어느새 스르르 눈을 감고 깊은 잠에 빠져들었다.

집 안이 고요했다. 고요한 건 길이나 집이나 마찬가지였다. 어쩌다 국방색 자동차가 군청 앞길을 달려가는 것 말고는 거리며 집들이 모두 고요했다. 어른들은 어딘가에 가서 일을 했고 아이들은 학교에 갔고, 학교에 가지 못하는 아이들은 조용히 제 집 마당이나 방 안, 골목에서 놀았다. 더러 놀다가 싸움이 나면 몇 집 건너까지 소리가 울려 퍼졌다.

순이는 손에 든 사금파리와 유릿조각을 댓돌 위에 내려놓았다. 주머니에도 가득한 그것들을 하나하나 조심해서 꺼냈다.

댓돌 옆에는 어른 주먹만 한 돌멩이가 세 개 있었다. 모두 순이가 주워 놓은 것이었다. 유리는 아무리 조심스럽게 다루

어도 가운데에 금이 가면서 반쪽이 났다. 사금파리는 조심조심 가장자리를 쪼면 동그랗게 모양이 잡혔다.

한 시간이 넘도록 사금파리를 쪼았어도 그릇은 다섯 개밖에 만들지 못했다. 순이는 흙바닥에 꿇어앉았다가 일어섰다. 다리가 저려 바로 서지 못했다. 흙 묻은 손가락에 침을 발라 코에 칠했다. 그래도 저린 것이 잘 스러지지 않았다.

마당을 가로질러 맨 전깃줄 위에서 제비가 지지배배 지지배배 우짖었다. 순이는 제비를 쳐다보며 겁 주듯 손 하나를 추켜들었다. 제비가 훌쩍 날아올랐다. 다른 제비들도 날아올랐다. 순이는 제비가 저를 무서워해서 도망갔다고 생각했다.

순이는 다섯 개밖에 안 되는 그릇을 한 손에 들고 성에 차지 않아 입을 꾹 다물었다. 이것 가지고는 살림을 살 수 없다. 반찬 그릇도 여러 가지가 필요했다. 간장 종지, 고추장 종지, 김치 종발, 나물 접시, 밥그릇과 국그릇, 그리고 솥과 냄비. 순이는 그릇들을 떠올리면서 아직 다듬지 않은 하얀 사금파리와 못을 챙겨 뚫어지지 않은 주머니에 쑤셔 넣었다. 공터에 가서 다시 만들어야지 생각했다. 공터엔 유리를 올려놓고 쪼아도 잘 깨지지 않는 벽돌이 있었다. 유리는 쑥돌보다 벽돌 위에서 더 잘 쪼아졌다.

순이는 길 건너 공터로 갔다. 공터 한쪽에는 영이와 만든 벽돌집이 아직 남아 있었다. 애초엔 반듯했던 벽돌 벽이 한쪽으로 삐뚤빼뚤 허물어지고 더러는 누가 빼어 가서 휑댕그렁해도 집은 집이었다.

순이는 벽돌 위에 하얀 사기 조각을 올려놓고 돌로 쪼았다. 역시 잘됐다. 사기로 하얀 접시를 세 개나 만들었다.

멀리서 자동차 달려오는 소리가 들렸다. 순이 눈에 호기심과 반가움이 찰랑거렸다. 순이는 벌떡 일어났다. 자동차 소리는 순식간에 가까워졌다가 휙 멀어졌다. 순이가 돌아섰을 때는 벌써 길에 흙먼지가 하얗게 피어올라 있었다. 순이는 흙먼지 속으로 달려 들어갔다. 코가 맹맹해지도록 먼지를 들이마셨다. 영이한테 자랑해야지, 생각만 해도 기뻤다.

기쁨은 다시 벽돌 앞에 앉아 사금파리를 쫄 때까지도, 그릇이 열 개나 되었을 때까지도 사라지지 않았다. 그릇들을 크기대로 나란히 벽돌 위에 올려놓고 바라보면서 순이는 한 뼘이나 흘러나온 코를 더러는 훌쩍 들이켜고 더러는 옷소매로 문지르고 더러는 빨아 마셨다.

손등이 쓰라려서 더는 돌멩이질을 하기 어려웠다. 손등에서 피가 나고 있었다. 피는 한곳에서만 나지 않았다. 줄줄 흘러내리는 데도 있고 진물처럼 고이는 데도 있었다. 피는 나지 않고 살만 갈라진 곳도 쓰라리고 따갑긴 마찬가지였다. 순이는 손등의 피를 바지춤에 문지르고 두 손을 모아 사타구니에 집어넣었다. 따뜻해지면 따가운 느낌이 사라졌다.

순이의 손등은 겨우내 찬바람에 터서 남은 계절 동안 피가 났다 아물기를 되풀이했다. 아문 자국에는 딱지가 두텁게 앉왔다. 할아버지는 가마솥 끓는 물에 눅인 볏짚 수세미로 순이의 손을 닦아 주었다. 아무리 더운 물에 손을 푹 불려도 짚수세미가 닿으면 순이는 죽을 듯이 울었다. 할아버지는 순이의 손등을 쇠똥에 견주며 놀리다가 쇠똥벌레가 알을 깐다고 겁을 주었다. 때를 벗기고 나면 손등이 맨질맨질해졌다. 하지만 보드라운 살결이 한 달을 못 갔다. 그래도 손의 때를 벗기고 나면 순이는 성당 수녀님이 제 손을 만져 주길 은근히 기대하곤 했다.

사금파리 그릇들을 포개 들고 순이는 성당으로 올라갔다. 향나무 밑에서 영이가 팔짝 뛰며 순이를 불렀다. 그 소리에 순이의 눈이 반짝 빛났다.

"야아! 간나야!"

영이는 순이가 하도 반가워 시계추처럼 목을 이리저리 흔들며 소리쳤다.

순이도 영이가 반가워서 대답도 못하고 스무 발짝이나 되는 언덕배기를 단숨에 뛰어올라갔다. 영이 앞에 섰을 때는 숨이 턱에 닿아 있었다. 순이는 허리를 굽히고 숨을 몰아쉬었다.

"니 얼루 갔었녀?"

영이가 원망이 밴 목소리로 물었다.

순이가 천천히 허리를 펴고 바로 섰다. 그러고는 영이를 빤히 쳐다보았다.

"니네 집에 갔었단 말야."

영이가 말했다.

순이는 그래? 웃으며 쳐다보았다.

"니 손바닥 이렇게 패 봐!"

순이가 영이의 두 손을 잡아 손바닥을 폈다. 그러고는 주머
니에서 하나, 둘, 셋, 하면서 사금파리를 꺼내 영이 손바닥에
얹었다. 여얼! 순이의 숫자가 열에서 멈췄다.

"열 개다아!"

영이가 눈을 크게 뜨고 중얼거렸다.

"다 니 가져, 영이야."

순이가 말했다.

"증말루?"

"응! 다 니 거야."

"줬다 뺏으문 안 돼?"

영이가 그릇을 주머니에 넣으며 힘주어 말했다.

"누가 달라구 그린데?"

"줬다 뺏어 봐라. 똥구녕에 털 난다!"

"누가 몰러."

순이가 먹먹한 목소리로 말했다.

영이가 주머니에서 사금파리를 꺼냈다. 영이는 향나무 아래
주저앉아 사금파리를 색깔대로 나누었다가 크기대로 나누었
다가 포개 얹었다가 한 눈금만큼씩 떼어 놓기도 하였다. 자기
가 줘 놓고도 부러워서 순이는 눈에 물기가 어렸다.

"난 요기다가 고기를 잔뜩 담을래."

영이가 파란색 유리그릇을 들고 말했다.

"야, 여긴 떡!"

순이가 하얀 그릇을 가리키며 말했다.

"여기다가 북어랑 오징어랑 꽁치 담을란?"

영이가 진지한 눈빛으로 순이를 바라보며 물었다. 순이가
고개를 마구 끄덕였다.

"여기다간 엿을 담자!"

순이가 작은 그릇을 가리키며 말했다.

영이가 순이를 바라보았다. 아직도 빈 그릇이 남아 있었다.
하지만 순이도 영이도 다른 날처럼 김치를 담아 놓을 생각은
하지 않았다.

5

"노올자."

순이가 공터 가운데 서서 말했다.

아침부터 언덕을 오르락내리락해서 다리가 아프긴 했다. 영
이가 가져온 옥수숫가루 찐 것을 나눠 먹고 찔레 순을 꺾어 먹
었지만 허기가 졌다. 그런데도 순이는 영이와 헤어지기 싫었
다. 영이는 붙박인 듯 서서 왼쪽 발끝으로 땅을 팠다.

"노올자아."

순이가 다시 말했다.

그 순간, 뭐에 찔린 것처럼 영이가 언덕으로 달려가기 시작했다. 순이는 영문을 몰라 어안이 벙벙한 얼굴로 영이의 모습을 바라보았다.

"영이야아! 노올자아!"

순이는 달음박질을 좀체 멈추지 않는 영이에게 소리쳤다. 그러나 머지않아 영이는 제 집으로 자취를 감췄다.

순이는 갑자기 세상이 밤이 되는 것처럼 무섭고, 길을 잃은 것처럼 두렵고, 어머니가 자기를 미워할 때처럼 슬펐다. 성당으로 올라가는 하얀 언덕길에 바람이 불고 있었다. 길 아래 나무숲에서 새들만 지저귈 뿐, 사방이 고요했다.

순이는 부서진 벽돌 사이에 웅크리고 앉았다. 벽돌 방의 흔적은 없었다. 며칠 전, 방을 만들고 문도 내서 영이와 살림을 살았다. 그런데 상을 차려 놓고 떡을 먼저 먹어야 한다, 고기를 먼저 먹어야 한다, 서로 다투다가 끝내 머리를 잡아당기며 한바탕 싸웠다. 순이 얼굴에는 그날 영이가 할퀸 자국이 나 있었다. 이튿날 아침 세수를 할 때는 쓰라렸지만 지금은 괜찮았다.

순이는 영이와 싸우고 나면 유리가 깨질 때처럼 마음이 휑해지는 걸 느꼈다. 다시는 영이랑 놀지 않겠다고 결심하고 속으로 영이에게 나쁜 욕까지 했다. 그러나 하룻밤 자고 나면 어제 일은 까맣게 잊혀져서 한시바삐 영이를 만나고 싶었다.

순이는 혼자 벽돌집을 지어 볼까, 방을 만들어 놓고 영이를 다시 부를까 생각했다. 그날 화가 난 영이가 멀쩡한 벽돌들만 골라서 멀리 던져 놓은 탓에 벽돌 더미 위로 기우뚱기우뚱 올라가야 제대로 된 벽돌을 찾을 수 있었다. 벽돌은 햇볕을 품어 따뜻했다. 순이는 몇 장 골라서 아래로 내던지다가 힘이 들어 팔을 축 늘어뜨렸다. 벽돌 위로 제 키보다 더 큰 그림자가 누운 것을 멀거니 바라보았다. 순이는 그림자 위로 손을 뻗쳤다. 그림자가 움직였다. 그림자 위로 누웠다. 울퉁불퉁한 벽돌에 뱃살이 찔리는 듯했다. 그래도 눈을 감으면 잠이 올 것 같았다.

누가 잘까 봐? 하지만 순이는 자기도 모르는 사이 까무룩 잠이 들었다.

"순이야!"

순이가 누구지? 순이는 이렇게 생각했다.

"순이야!"

다시 목소리가 들렸다. 저건 할머닌데? 하며 순이는 눈을 떴다. 제 앞에 나타난 할머니를 보고는 기다렸다는 듯이 입을 삐죽거렸다.

"이녀러 간나야, 니가 왜서 여기서 자너?"

할머니가 손을 뻗어 순이의 다리부터 잡았다.

"할머이 언제 왔너?"

순이가 어벙한 목소리로 물었다.

할머니는 나물을 하러 먼 산으로 갔다 돌아오는 길이었다. 할머니가 산나물을 하는 곳은 읍내에서 3, 40리 떨어진 먼 곳이었다. 나물은 깊은 산골짜기일수록 제 맛이 난다고 했다. 할머니는 어제 이른 새벽 주먹밥을 싸고 저녁과 아침에 먹을 쌀을 담아 등짐을 만들어 지고 떠났었다.

할머니는 순이의 말에는 대답도 않고 걱정을 늘어놓았다.

"이런 데서 자문 입이 돌어가! 입만 돌어가겐? 얼굴이두 돌어가서 짝쩍이가 되지! 그럼 빙신을 누가 델구 가너!"

할머니는 순이가 알아듣거나 말거나 말하면서 순이에게 등을 댔다. 순이는 할머니 등에 업혔다.

"니 언제버텀 거기서 잤너?"

할머니가 길을 건너며 물었다.

"몰러!"

순이가 할머니 등에 얼굴을 묻어 푸석거리는 목소리로 대답했다.

"아척버텀(아침부터) 잤너?"

"아녀!"

"돌망 위서 자문 빙신 된다는 말 니 까져먹언?"

"몰러!"

"왜서 몰러? 빙신 되구 싶너?"

"알어!"

순이가 웃음을 참으며 소리쳤다.

할머니는 순이의 엉덩이를 받쳤던 손 하나로 순이 등허리를 철썩 때렸다. 하나도 아프지 않았지만 으앵, 하고 순이는 우는 소리를 냈다. 할머니가 와서 너무나 기쁘고 이제 살 것 같았다.

할머니 마음도 순이와 똑같았다.

"어제 아범이 니두 때랬너?"

할머니가 배추벌레처럼 등에 붙어 떨어지지 않으려는 순이를 뜰방에 내려놓으며 물었다. 그러고는 순이 얼굴을 살펴보았다. 왼쪽 눈 밑으로 할퀸 자국을 손으로 더듬었다.

"이건 언제 이랜?"

할머니가 물었다.

"괜찮어."

순이가 할머니 손을 밀어내며 성가시다는 듯이 말했다.

할머니는 낮에 산에서 내려오자마자 참나물만 이고 나가 채소 도매점에 넘기고, 순이 어머니 가게에 들렀다. 할머니는 여느 날과 달리 싸늘한 며느리의 태도에서 어제 무슨 일이 있었는지 단박에 알아차렸다.

"할머이, 나물 많이 해 왔너?"

순이가 두 손을 머리 위로 크게 둥글리며 물었다.

"아범이 닌 안 때랜?"

할머니가 자꾸 물었다.

순이는 생각하기도 싫었다. 할머니도 알았는지 더 묻지 않았다. 보지 않아도 할머니는 다 알았다. 아범이 걸핏하면 화를 내고, 화가 나면 마누라건 아이들이건 가리지 않고 때린다는 것도.

순이는 부엌으로 들어가는 할머니의 치마꼬리를 잡고 따라 들어갔다.

"순이야, 니두 나물이 좋너?"

"웅!"

순이는 부엌 바닥에 그득히 쌓인 나물들을 가지가지로 추리는 할머니 곁에 앉아서 저도 고사리와 고비를 추려 내며 대답했다.

"나물이야 마숩다마다지! 봄철엔 쓴 나물을 먹어야 사람이 들뜨지두 않구!"

할머니가 중얼거렸다.

문득 순이가 할머니를 말끄러미 쳐다보았다. 할머니가 한숨을 폭 내쉬었다.

"할머이, 들뜨는 게 뭐너?"

순이가 묻자, 할머니는 흘깃 순이를 바라보고는 입을 다물었다.

"할머이! 들뜨는 게 뭔데?"

순이가 다시 물었다.

할머니는 들은 척도 하지 않고 부지런히 고사리와 고비만 따로 골라냈다. 고사리와 고비는 몇 줌씩 뭉쳐 있어서 쉽게 추려졌다.

"할머니이이!"

순이가 오줌 마려운 것처럼 보챘다.

"니 아범이다!"

할머니가 화난 목소리로 말했다.

순이의 입이 꾹 다물어졌다. 아부지? 왜서? 묻고 싶었지만 이상하게 입이 떨어지지 않았다. 혹시 할머니가 어젯밤에 있었던 일을 아는 걸까?

처음엔 어머니가 아버지에게 무어라고 했다. 아버지가 친구에게 돈을 빌려 줬다가 받지 못했다는 것이었다. 왜 돈을 못 받아 오느냐, 그런 사람들과 사귀지 마라, 사람이 신용을 첫째로 지켜야 한다, 이런 말들이었다. 아버지는 아무 대꾸 없다가 갑자기 밥상을 둘러엎더니 어머니를 마구 때리기 시작했다. 처음엔 주먹으로, 그다음엔 발길로, 나중엔 장작으로 때렸다. 철이와 순이에겐 울지 말라고 윽박질렀다. 이웃집 사람들이 와서 말렸지만 아버지가 남의 집안 문제에 간섭하지 말라고 소리쳐서 다들 돌아갔다. 아버지는 어머니에게 니까짓 게 돈 좀 번다고 남편을 우습게 여기느냐고, 너 같은 쌍년에겐 매밖에 약이 없다고 소리쳤다.

밤이 깊어 아버지가 제풀에 가라앉은 뒤 모두 잠자리에 누웠다. 아버지는 금세 코를 골았지만, 어머니는 순이가 잠들 때까지 끙끙 신음 소리를 내고 한숨을 쉬었다. 철이는 순이 손을 잡고 놓지 않았다. 순이는 산으로 나물을 하러 간 할머니가 내

일도 오지 않으면 어떡하나, 숨을 죽인 채 걱정했었다.

할머니는 아궁이에 불을 피웠다. 나무에 불이 옮겨 붙으면 나무가 탁탁 울었다. 아궁이 불빛에 부엌이 환해졌다. 할머니는 가마솥에 물을 끓여 고사리를 삶을 것이다. 삶아 낼 게 고사리, 고비만이 아니었다. 곰취, 며늘취, 참취, 미역취도 삶았다. 얼레지와 다래 순은 벌써 삶아서 봄볕에 말렸다. 말린 나물은 명절은 물론 겨우내 볶아 먹고 무쳐 먹고 떡에 넣어 먹을 일 년 농사였다.

할머니는 나물을 삶으면서 취의 여린 줄기를 잘라 질겅질겅 씹었다. 순이는 그게 무슨 맛인지 알았다. 개두릅은 저녁에 바로 삶으면 할아버지도 약이라며 국물을 마실 것이다. 쓴 것을 좋아하는 어른들이 순이는 신기했다.

"할머이!"

김이 뽀얗게 올라오는 가마솥에서 할머니가 고사리를 뒤집고 나무 뚜껑을 닫을 때 순이가 할머니를 불렀다. 할머니는 대답하지 않았다. 고사리가 삶아지면 담을 다라이와 물에 헹궈 건져 낼 소쿠리를 내놓았다.

"할머이두…… 아부지가 무섭너?"

순이가 할머니를 빠히 바라보며 물었다. 그러나 막상 할머니와 눈이 마주치자 고개를 돌렸다.

"그럼 안 무섭너? 개지랄을 치는데!"

할머니가 내뱉었다. 순이 얼굴이 환해졌다. 순이는 부뚜막에서 툭 떨어지듯 내려섰다.

"할머이두 아부지가 없었으믄 좋겠너?"

순이가 기쁨이 부글거리는 목소리로 물었다.

할머니가 알아듣지 못한 듯이 순이를 바라보았다. 할머니의 표정이 어두워졌다. 순이의 기쁨이 멈칫했다.

"니 그런 말 하믄 못써!"

할머니답지 않게 사나운 목소리였다.

할머니를 의심 가득한 눈으로 바라보던 순이의 입술이 쑥 나왔다. 할머니는 가마솥 뚜껑을 열고 끝이 누래지고 뭉툭하게 닳은 커다란 나무 주걱으로 고사리를 건져 냈다. 할머니 얼굴이 김에 휩싸여서 멀어졌다.

순이는 시무룩한 기분으로 쪼그려 앉아 아궁이를 들여다보았다. 나무들이 다 타고 끝만 조금 남아서 불이 꺼져 가고 있었다. 순이는 타다 남은 나무를 부지깽이로 헤쳐 붉은 숯 위에 올려놓았다. 그리고 등 뒤의 나뭇단에서 마른 잎이 달린 나뭇가지 하나를 빼냈다. 잎사귀가 와사삭 부서지며 떨어졌다.

"순이야!"

할머니가 무거운 목소리로 순이를 불렀다. 순이가 화들짝 놀라 손에 들었던 나무를 내던지고 할머니를 쳐다보았다.

"니 다신 그런 말 하지 말어! 애비 없는 후레자식 될라!"

할머니가 말했다.

순이는 알아들을 수 없었지만 왠지 슬퍼졌다. 아궁이에선 나무토막에 불이 붙어 타닥거리며 타기 시작했다.

"아버이가 옰어 봐라. 한데서 사는 거하구 같애. 남덜이 읍신예기구 깔봐!"

할머니가 여전히 무거운 목소리로 말했다.

"깔보는 기 뭐너?"

순이가 시르죽은 목소리로 물었다.

"사람 취급을 안 하는 기여."

"사람 취급이 뭐너?"

"벌거지 취급해서 깔보는 거여."

"그럼 나쁘너?"

순이가 물었다. 할머니는 독에서 물을 퍼 다라이에 붓다가 잠깐 멈칫했다.

"그럼 나쁘지, 안 나쁘? 그런 것두 몰르문 천치가 돼, 천치!"

"천치는 나뻐?"

"에이이, 요녀러 간나!"

할머니는 순이가 자기를 골리려고 부러 자꾸 묻는다고 여겨 눈을 흘기며 때리는 시늉까지 했다. 하지만 순이는 정말 몰랐다. 그러나 단 한 가지, 이날 알게 된 것이 있었다. 아버지가 없었으면 좋겠다는 말을 할머니에겐 하면 안 된다는 것이었다.

할머니는 고사리와 고비, 취나물 따위를 넓은 채반과 가마니에 따로따로 널었다. 마당을 가로지른 빨랫줄 위엔 제비들이 앉아서 조잘대고 있었다. 할머니는 제비들을 쳐다보며 나물에 똥을 내깔기지 말라고, 마치 순이에게 하듯이 말했다.

할머니는 나물을 모두 펼쳐 넌 다음 뜰방 위에서 자기를 애타게 기다리는 순이에게 다가갔다. 순이는 할머니가 나물을 뜯던 들판과 산기슭에서 우연히 주운 총알, 철사, 철모 따위가 담긴 소쿠리를 들여다보고 있었다. 할머니가 고물상에 팔아 순이에게 엿도 사 주고 떡도 사 주고 고무신도 사 준다고 약속했기 때문이다.

고물상은 쇠장거리 어귀 대장간 옆에 있었다. 낫이나 호미, 삽, 칼 같은 것을 이곳에서 벼렸다.

고물상 아저씨는 할머니에게 이런 것들을 어디서 주웠느냐, 잘못하다가 불발탄을 건드리면 죽는다, 엊그제 윗사래 사는 아이 둘이 불발탄을 건드렸다가 터져서 하나는 죽고 또 하나는 다리 한쪽이 날아가 병신 되었다더라, 이런 건 함부로 만지면 안 된다 하며 마구 겁을 주었다. 할머니는 순이 손을 꽉 잡은 채 한마디도 대꾸하지 않았다.

"에이구우, 나쁜 눔 같으니라구. 한 푼이래두 들 줄라구 겁주구 지랄하는 거, 누가 그누무 속을 몰르너?"

할머니는 고물상 아저씨가 준 돈을 받아 들고 나와서 길가에 침을 뱉으며 욕했다.

"할머이, 나두 그런 거 줘 올까?"

순이는 할머니 치맛자락을 잡고 잰걸음을 치며 종알거렸다.

"그딴 소리 하지두 말어! 아까 아저씨 말하는 거 못 들언? 대포가 터져서 죽는단 소리!"

할머니가 걸음을 멈추고 순이의 눈을 똑바로 보며 다짐을 주었다.

들이나 산에서 탄피를 줍다가 다치거나 죽는 일이 실제로도 가끔 일어났다. 위험하다는 걸 알아도 당장 돈이 되기 때문에 사내아이들은 일부러 그런 것을 찾아다녔다. 논을 삶거나 밭을 갈다가 포탄이 터지는 일도 있었다.

이날 할머니는 고무신만 빼고 다른 건 모두 사 주었다. 고무신 값은 떡이나 엿 값과는 비교할 수 없었다.

"신발은 돈 잘 버는 에미한테 사 달라구 해야겠다."

할머니가 말했다.

순이는 서운하지 않았다. 고무신 콧날에 붙어 있던 나비는 벌써 떨어져 나가고, 신발에 그려진 꽃도 조금씩 지워지고 더러 벗겨졌지만, 찢어진 데는 없었다.

할머니는 나물 팔고 탄피도 팔아 돈을 많이 번 셈이었지만, 어머니한테 댈 수는 없었다.

할머니는 딱히 돈이 필요하진 않았다. 그래도 쓰려고 마음먹으면 쓸 데가 아주 없지는 않았다. 애당초 가난한 동네, 그중에서도 손꼽히게 가난했던 친정의 큰언니는 산협(山峽)의 화전골로 시집가서 좀체 버덩으로 나오지 못하고 살았다. 어쩌다 장날 언니네 식솔을 만나 기별을 들을 뿐이었다. 할아버지도 처형의 존재를 까맣게 잊었지만 할머니는 이따금 언니가 그리웠다.

추석이나 설 명절을 앞둔 장날이면 혹시 그쪽 사람들이 왔을까 싶어 할머니는 난전으로 돌아다녔다. 약초나 묵나물에 구람가루, 칡가루를 앞에 놓고 지나가는 사람들을 쳐다보는 그을린 얼굴들은 물어보나 마나 산협 사람이었다. 그러면 무조건 붙잡고 어디서 왔느냐 물어서 언니네 동네면 안부를 톺아 갔다. 그저 안부나 묻다가 해가 지면 후회가 서럽게 치밀어 두고두고 가슴이 에였다. 꾸덕꾸덕 말린 북어나 새치에 간고등어라도 사서 들려 보냈으면 좀 좋았을까.

그래서 할머니는 돈을 모았다. 딸만 수두룩 낳아 놓고 마흔 중턱에 덜컥 죽어 버린 어머니. 그래서 아버지는 딸들이 애낳이할 나이만 되면 입을 줄이려고 여기저기 말이 닿는 대로 시집을 보냈다. 간성과 고성으로 시집간 언니들 소식은 듣지도 못했다. 그쪽도 이남 땅이 되었으니 언젠간 만나려니 여겼다. 그 후로 해방이 되고 또 남북이 갈려서 서로 밀고 쓸리며 죽이네 살리네 하던 세월이 몇 해였다.

할머니는 하루 종일 밭고랑에 무릎 구부리고 앉아 호미질을 하다가 문득 고개 들어 푸른 감자 포기나 콩 포기, 참깨 들깨 포기 너머로 나무숲을 보면, 그 위로 펼쳐진 푸른 하늘을 보면, 불현듯 옛날이 사무치게 그리웠다.

64

할머니 나이 스물 전에 낳은 자식들은 내리 셋이나 죽었다. 모두 젖을 제대로 먹지 못해 가느다란 뼈에 살가죽이 뱅뱅 돌더니 숨이 멎었다. 그래도 아이는 잘 들어섰다. 젖도 잘 돌지 않는 어미 몸에 어찌 그리 아이는 잘 들어서는지, 울다가도 웃을 일이었다.

아들이 넷이나 되지만 지금은 또 난리 통에 생사를 모르는 자식이 둘이었다. 할머니 마음에는 시퍼런 멍 덩어리가 들어 있었다.

6

점심때가 지나자 성당 동편으로 비좁게나마 그늘이 졌다. 순이와 영이는 그늘이 지기도 전부터 고무줄을 하고 있었다. 고무줄 한쪽 끝은 미루나무에 매고 다른 한쪽 끝은 진 아이가 잡았다. 처음엔 가위바위보로 순서를 정했다. 지금은 순이가 고무줄을 팽팽하게 잡고 있었다.

앞빠꾸 뒷빠꾸우! 자동차 빠꾸우! 앞에는 운전수 뒤에는 손님! 달려라 달려라 백두산까지이이……!

순이와 영이는 입을 쫙쫙 벌리며 노래했다. 그러나 목소리는 입 밖으로 나오지 않게 했다. 처음엔 잘 안 돼서 저도 모르게 노랫소리를 냈지만 금방 길이 나서 입만 벙긋벙긋하고도 박자에 잘 맞췄다. 할머니들이 성당에서 묵주기도를 마치고 나올 때까지는 이렇게 시늉으로만 노래를 불러야 했다. 요리문답을 배운 할머니들이 묵주신공을 드린다고 성당에 들어가면서 시끄럽게 굴면 안 된다고 단단히 일렀기 때문이다.

영이는 노래에 맞춰 팔랑팔랑 고무줄을 넘었다. 허벅지를 조인 빤쓰 고무줄 속에 치마폭을 찔렀지만, 뛸 때마다 양쪽이 날개처럼 펄럭거렸다. 곧 영이의 발이 고무줄에 걸렸다. 순이가 기다렸다는 듯이 잡고 있던 고무줄을 놓고는 좋아서 손뼉 치는 시늉을 했다. 영이는 고무줄을 잡으러 가다가 순이를 툭 건드려 넘어뜨렸다. 순이의 얼굴에 젖은 모래흙이 다닥다닥 붙었다. 그걸 보고 영이가 배를 잡았다. 웃음소리를 낼 수는 없어 손으로 입을 틀어막고 웃었다. 그 모습을 본 순이가 또 우습다고 흙바닥에 데굴데굴 굴렀다. 곧 영이도 그렇게 했다.

"아이구야, 야덜 좀 봐유. 사내자식덜이 따루 읎잖."

성당에서 나온 할머니가 흙강아지가 되고도 좋아하는 아이들을 보며 말했다.

"요새 예시가덜이 희한해졌대유. 남세시루운 걸 몰른다네유."

"예펜네덜두 돈 번다구 눈깔이 시뻘개져서 가관두 아니잖우."

"말센기래유."

"난리 한 번 지나가구 나면 사람 맘이 변한다더니, 요새 여자덜은 쇠심줄버덤 더 질게졌다잖우. 안 그래유?"

"오죽하문 말세라 할라구."

할머니들은 이렇게 말하고 혀를 끌끌 차며 언덕길을 내려
갔다.

할머니들이 무어라고 하든 말든 순이와 영이는 이제 제 세
상을 만나 큰 소리로 고래고래 악을 쓰며 노래했다. 앞빠꾸!
뒷빠꾸우! 자동차 빠꾸우……!

노래를 부르면 뜀뛰기가 더 잘되었다. 몸이 노랫소리에 맞
춰 훌쩍 솟았다. 하지만 몇 번 술래가 바뀐 뒤 고무줄뛰기를 그
만두었다. 배가 고프다고 영이가 먼저 흙바닥에 주저앉았기
때문이다.

"나두 배고프다!"

순이가 영이 앞에 마주 앉으며 말했다. 갑자기 허기가 졌다.
영이가 팔베개를 하고 드러누웠다. 순이도 따라 했다.

"영이야, 니는 시방 뭐이 젤루 먹구 싶녀?"

순이가 물었다. 영이는 한참이나 대답하지 않았다.

"난 개눈깔이 먹구 싶다."

순이가 말했다.

유릿조각 같은 설탕이 다닥다닥 붙은 큼직한 사탕. 입안에
넣으면 한쪽 볼이 불룩 솟아올랐다. 가게에 가면 유리 항아리
에 사탕이 가득 들어 있었다.

"영이야, 니 어머이두 돈이 많녀?"

순이가 물었다.

"몰러. 느네 어머이는?"

"옷 고체 주구 돈 버는데, 왜서 사탕을 안 사 먹너 몰러."

순이가 침을 꼴깍 삼켰다.

"난 신부님이 먹는 닭다리가 젤루 먹구 싶다."

영이가 나직이 말했다. 그러고는 멀리 떠가는 하얀 구름을 바라보았다.

순이는 조금 얼떨떨했다. 신부님이 무얼 먹는다는 건 생각해 본 적이 없었다.

"신부님이 먹는 빵떡하구……."

영이가 꿈꾸듯이 중얼거렸다.

빠아앙. 순이는 빵을 생각했다. 하얀 밀가루를 부풀려 그 속에 팥을 넣은 빵은 어머니도 만들 줄 알았다. 밀가루가 생기면 순이 어머니는 막걸리를 넣어 찐빵을 만들었다. 일이 많아서 잠도 잘 못 자는 요즘엔 장거리에서 빵을 샀다. 장거리에서 버스 정류장으로 나가는 골목에 찐빵집이 있었다.

"영이야, 난 찐빵 잔뜩 먹구 배가 터져두 조워. 닌?"

순이가 진지한 목소리로 물었다.

영이는 아무 말도 하지 않았지만, 침 넘기는 소리가 꿀꺽 하고 났다.

"신부님두 찐빵 먹너?"

"이 천치야! 신부님이 그런 빵 먹겐?"

"그럼?"

순이가 벌떡 일어나 앉으며 물었다. 영이도 천천히 일어나 앉았다.

"영이야, 니는 신부님이 먹는 거 봤너?"

순이가 물었다.

영이는 거만하게 순이를 바라보았다. 너는 모른다, 알 수 없다, 그런 표정이 역력했다.

영이가 동쪽 끝으로 달려가서 치마를 훌쩍 걷어 올렸다. 빤쓰를 훌렁 내리고 쪼그려 앉았다. 곧 좔좔좔 오줌 흘러내리는 소리가 났다. 순이도 오줌이 마려웠다. 영이 옆으로 가서 그 애처럼 바지를 벗고 속옷을 내리고 오줌을 누었다.

"니가 배가 고퍼서 오줌이 노렇구나."

영이가 말했다. 그 말을 듣자, 순이는 슬퍼졌다. 영이가 순이를 바라보며 입술에 침을 발랐다.

"니 내가 하잔 대루 할란?"

영이가 물었다. 그러고는 순이의 대답도 듣지 않고 옷을 올렸다. 순이도 옷을 입었다. 영이가 일어섰다. 순이도 일어서서 영이 뒤를 따랐다.

영이는 성당 뒤쪽으로 발소리를 죽이며 걸어갔다. 북쪽인 그곳에는 나무가 많아 그늘이 지고 서늘했다. 그리고 성당 벽과 이어 붙인 높은 판자 울타리가 있었다. 판자는 검은 기름칠을 해서 오래되었어도 매캐한 냄새가 났고 삐죽삐죽 가시가 달린 철망이 구불구불 얽혀 있었다.

그러나 그런 것보다 더 무서운 게 있었다. 사람 기척이 나거나 낯선 냄새만 맡으면 으르렁거리는 셰퍼드였다. 신부님이 미국에서 데려온 개, '존'이었다. 반들거리는 짧은 누런 털에, 경계심이 생기거나 기분이 좋을 때면 귀를 쫑긋 세우고 총명한 눈을 반짝거렸다.

순이는 걸음을 멈췄다. 영이는 아무렇지 않게 걸어가는데 순이는 벌써 개가 움직이는 소리를 들었다. 울타리 안쪽에서 쇠줄이 드르륵 끌리는 소리가 났다. 이내 크으응, 하고 개가 경계를 했다.

"쫑, 쫑!"

영이가 아주 다정한 목소리로 개의 이름을 불렀다. 순이는 발이 땅에 붙어서 떼어 놓을 수가 없었다. 열 발짝도 넘게 떨어져서 숨죽이고 영이를 바라보고만 있었다. 계속해서 쫑을 부르는 소리, 쇠줄이 끌리는 소리, 으르렁거리는 소리를 아득하게 들으며 영이야, 무서워, 가지 마, 속으로 이렇게 말했다.

하지만 다 소용없었다. 영이는 쫑을 달랬고, 울타리의 작은 문을 밀었다. 그리고 뒤를 돌아보았다.

야! 뭐 하니? 천치야, 날래 와!

순이는 울상을 지으면서도 영이가 하는 말을 그 애의 입 모양으로 다 알아들었다. 영이는 깃발 날리듯 급하게 손짓을 해 보였다. 그래도 발을 떼지 못하자, 순이에게 눈을 부라렸다. 순이는 살며시 한 걸음 한 걸음 다가섰다.

"개 꽉 붙들었너?"

순이가 떨리는 목소리로 물었다.

"멀쩡하다니깐! 얼른 들어와! 니 땜에 들키겠다!"

영이가 화를 냈다.

순이는 눈을 감고 울타리를 넘었다. 영이 등 뒤에 숨어 쫑 앞을 지나쳤다. 부엌으로 통하는 작은 문이 보였다. 영이가 아무렇지 않게 그 문을 열었다. 안에서 고소하고 구수하고 향긋한 내가 훅 풍겼다. 아하, 순이 입에서 저도 모르게 이런 소리가 비어져 나왔다.

부엌은 서늘하고 따뜻했다. 바닥은 나무 판자로 되어 있었다. 순이 배에서 꼬르륵 소리가 나기 시작했다. 영이가 무엇을 집었는지, 뭐라고 말하는지, 보이지도 들리지도 않았다. 하지만 황홀했다. 한 번도 본 적이 없는 부엌, 한 번도 맡아 본 적이 없는 음식 냄새, 한 번도 본 적이 없는 그릇들.

"영이야, 여기가 뭣이 맞너?"

순이는 영이가 집어 주는 식빵을 받아 들며 물었다. 너무 놀랍고 좋아서 여기가 어딘지, 혹시 천국인지 궁금했다.

"그래!"

영이가 속삭였다.

하지만 영이의 그래! 한마디로 순이의 의구심이 다 풀리지는 않았다.

성당 부엌 건물 아래, 가파른 나무숲으로 들어가 나무둥치를 발판 삼아 둘이 나란히 앉아서 닭다리를 뜯어 먹을 때 순이가 다시 물었다.

"거기가 진짜루 뷁이 맞녀?"

영이는 대답 대신 눈을 흘겼다. 그러고는 의심이 많으면 지옥 간다고 말했다. 지옥엔 뱀이 있고 불바다이며 아무리 죽여도 죽지 않는 괴물들이 득시글거리고, 아무리 먹어도 배가 고프다고 했다. 순이는 겁이 나서 더는 묻지 않았다. 닭다리 뼈가 하얗게 되도록 빨고 또 빨다가 영이가 빼앗아서 휙 내던질 때까지.

닭다리를 먹은 다음 식빵을 나눠 먹었다. 둥그스름하게 솟은 노릇한 빵에는 찐빵같이 팥이 들진 않았다. 그래도 고소하고 포실했다.

"니 여기 왔던 거 아무한테두 말하문 안 돼! 알언?"

영이가 다짐을 주고 새끼손가락을 내밀었다. 순이가 손가락을 걸었다.

"영이야, 우리 이담에두 같이 살자!"

순이가 떨리는 목소리로 말했다.

"그럼 시집두 같은 데루 가야지!"

영이가 말했다.

순이가 슬며시 영이의 눈길을 피했다. 아직 시집가는 것까진 생각하지 못했다. 시집을 가면 어머니 아버지 철이 할머니와 헤어져야 하는데, 그건 아직 생각할 수 없었다.

빵까지 다 먹고 두 아이는 그곳을 나왔다. 들어갈 때보다 나오기는 쉬웠다.

"니 성당에 들어가서 빌구 가야 해."

영이가 순이에게 말했다. 죄를 지으면 빌고, 빌면 천주님이 다 용서해 준다고 영이가 말했다.

"그럼 우리가 훔체 먹은 것두 다 용서해 주녀?"

순이가 떨리는 목소리로 가만히 물었다.

"그러니까 천주님이지!"

영이는 제자리에 우뚝 서서 무서운 목소리로 말했다.

순이는 영이를 쳐다보던 눈길을 아래로 떨어뜨렸다. 마음속에서 무언가 흘러내리듯, 뼈 같은 것이 녹아내리듯, 차갑고 아린 것이 쭉 훑으며 빠져나가는 듯한 느낌에 사로잡혔다.

"……예수님이 우리가 지은 죄를 대신해서 십자가에 못 박혀 죽었단 말이야……."

순이는 영이가 하는 말을 더 이상 알아들을 수 없었다. 하지만 입안에 오래도록 감도는 맛처럼, 잊혀지지 않는 울화처럼, 떠나지 않는 그리움처럼 예수님이 순이의 마음속으로 스며들고 있었다. 그래서 누가 먼저 손을 맞잡았는지도 모른 채 순이는 영이 손을 잡고 성당으로 들어갔다.

성당의 묵직한 문이 열리자 갑자기 딴 세상이 나타났다. 어둡고 스산한 공기가 파도처럼 순이를 덮치는 것 같았다. 훅, 숨을 들이켰다. 그리고 영이의 몸에 바짝 달라붙었다. 신발을 벗고 성당 마루 위로 올라섰다. 발바닥이 서늘했다. 영이는 문턱에 따로 놓인 그릇의 물에 손가락을 찍었다. 순이도 그렇게 했다. 영이가 순이의 손을 잡아당겼다. 순간 순이의 몸에 진저리가 전류처럼 흘렀다.

"넌 못해!"

영이가 목소리를 한껏 낮춰 야멸치게 말했다.

순이는 저도 모르게 손을 등 뒤로 감췄다. 문득 뒤를 돌아보았다. 성당 문은 굳게 닫혔고 양쪽으로 놓인 신발장의 칸들은 텅 비어 있었다.

순이는 숨을 몰아쉬었다. 영이가 성호를 긋고 성당 안으로 살금살금 걸어 들어가고 있었다. 순이는 저 멀리 제대에서 가물거리는 촛불을 바라보았다. 처음엔 보이지 않던 제대 뒤편 하얀 벽에 뭐가 걸려 있었다. 성당은 너무 컸다. 그리고 너무 추웠다. 몸이 와들와들 떨리기 시작했다.

순이는 뒷걸음질을 쳤다. 여기서 나가야지, 생각했다. 하지만 눈에 보이는 제 고무신을 어떻게 신어야 하는 건지, 이대로 나가도 되는 건지, 혹시 지금 나가면 죽는 건 아닌지, 너무나 무섭고 슬픈 생각들이 쉴 새 없이 떠올랐다.

"순이야!"

영이가 불렀다. 그 소리가 높은 천장에 닿았다가 넓은 벽을 타고 돌다가 순이의 마음속으로 들어왔다.

"응!"

순이가 대답했다. 하지만 입술만 달싹거리다 말았다. 영이가 순이에게 다가와 팔목을 잡고 끌어당길 때까지 순이는 그 자리에서 꼼짝도 못하고 있었다.

"니 왜서?"

영이가 속삭였다. 순이는 울 것 같아 입술을 깨물었다.

"야, 간나야. 니 죄 많이 졌너?"

영이가 순이의 팔을 잡고 발소리를 죽여 안으로 천천히 다가가며 속삭였다. 그러나 성당 입구에서 성수를 찍으려는 손을 잡아챌 때보다, 그리고 넌 못해! 소리칠 때보다는 한결 부드러워진 목소리였다.

"야, 니 시방 왜서 이렇게 떠너? 죄졌너?"

영이가 순이의 허리를 잡고 웃음을 삼키며 물었다.

"영이야, 나 집에 갈래."

순이가 속삭였다.

"야! 그럼 니 지옥 가구 싶구나?"

영이가 말했다.

"지옥은 싫어!"

"그럼 천주님한테 빌어야지. 우리가 죄진 거 말캉!"

"어뜨케?"

순이가 울먹이며 물었다.

영이가 순이를 잡아끌더니 성당 왼편 중간으로 가서 주저앉았다. 순이도 영이처럼 무릎을 꿇었다.

"빌어. 니 죄를 다 고백해."

영이가 말했다.

순이는 영이가 시키는 대로 했다. 눈도 감았다. 죄를 생각했다. 신부님 부엌에서 고기와 빵을 훔쳐 먹은 것은 영이가 먼저 그렇게 하자고 한 거라고 속으로 말했다. 하지만 더 이상 고백할 죄가 떠오르지 않았다. 영이는 순이가 뜻은 모른 채 알아듣거나 알아들을 수 없는 기도문을 한참 외웠다.

"좋너?"

영이가 기도를 마치고 순이에게 물었다. 순이는 대답하지 못했다. 뭐가 좋고 나쁜지 분간이 안 됐다.

"니는 이제 천당 간다!"

영이가 말했다.

"증말루?"

순이가 반색을 하고 물었다.

순이는 살 것 같았다. 저도 모르게 두 팔을 번쩍 치켜들고 기지개를 켰다. 동쪽으로는 방학이라 학생들이 하나도 없는 고요한 학교와 운동장, 그 뒤로 집들과 길과 긴 둑과 남대천과 바다가 보이는 것 같았다. 남쪽으로는 집들이 더 많이 보였다. 그곳엔 가게들이 있었다. 서쪽으로는 군청과 현산공원이 있을 것이다. 순이는 기지개를 켜고 마당 가운데로 걸어 나갔다. 긴

여름 햇살이 따갑게 달궜지만 순이는 덥지 않았다.

"야, 니 죄두 내가 천주님한테 다 빌었어."

영이가 느긋하고 나른한 목소리로 크게 말했다. 영이는 아직 성당 문에 오르는 다섯 개의 시멘트 계단 맨 위에 서 있었다.

순이는 할머니가 보고 싶어졌다. 철이도 보고 싶었다. 어머니도 보고 싶었다.

"우리 집에 가서 인형 놀래?"

영이가 물었다.

"니한테 종이 인형 새거 줄게!"

대답하지 않는 순이에게 영이가 말했다.

순이가 낯선 눈길로 영이를 바라보았다. 그러고는 아무 말도 하지 않은 채 언덕길을 달려 내려갔다.

7

7월은 더웠다. 일 년 중 가장 더운 소서와 대서가 이달에 모두 들어 있다. 그러나 대서가 지나면 곧 가을이 왔다. 더운 것도 고비를 넘기면 수그러들고 계절이 바뀌었다. 특히 이해에는 대서 며칠 뒤, 가을의 문턱을 앞두고 휴전(休戰)이 됐다.

온 나라에서 휴전은 특별했다. 순이네 읍에서도 사건이었다. 어른들은 혼자일 때면 휴전에 대해 생각하고, 둘만 되면 휴

전에 대해 이야기했다. 그런 이야기를 꺼리는 사람들도 있긴
했다. 자신의 처지에 따라 휴전에 대한 생각과 감회가 달랐기
때문이다. 그런 이야기가 나오면 슬며시 자리를 뜨거나 아예
침묵하는 사람들도 있었다.

순이는 휴전이 무엇인지 알지 못했다. 어른들이 휴전에 대
해 말하며 심각해지거나, 때로는 목소리를 높이고 얼굴색을
바꾸는 게 이상했지만, 고개 돌리고 다른 생각을 하면 그뿐이
었다.

순이에게 누룽지를 먹이지 못하는 게 제일 아쉬웠지만, 휴
전이 되기 전에 할머니는 군인들 아침밥 해 주는 일을 그만두었
다. 그러나 할머니는 놀지 않았다. 밭에서 해야 할 일도 많았다.
한 벌 김을 매고 나서 일손이 좀 비면, 어머니가 할머니를 놀게
두지 않았다. 군인 옷을 염색하고, 떡을 해서 팔아야 했다.

할머니는 휴전 소식을 듣고 처음에는 무척 기뻐했다. 아들
둘이 인민군과 군인으로 나뉘어 불려 간 뒤 아직껏 소식을 몰
라 늘 혼자 속을 끓이던 참이었다.

그날은 마당에서 밥을 먹었다. 여름에는 대개 그랬다. 모깃
불이 타오르고 마당에서 먹는 밥이라 할아버지도 딴 상 받지
않고 할머니와 함께 두레상에 앉아 감자밥을 먹었다. 신 김치
를 된장에 지진 뚝배기와 신 열무김치에, 날고추장이 얹힌 밥
상이었다.

"난리가 끝났다구덜 조워하데유. 아이구우, 살아생전에 그

런 난리 다시는 겪구 싶지 않네유. 두 발 쭉 패구 자두 되겠네유."

할머니가 진저리까지 쳐 가며 말했다.

이때 할아버지가 아주 하찮은 것을 대하는 눈길로 할머니를 흘깃 건너다보았다. 그러고는 낮게 혀를 찼다. 순이는 할아버지가 왜 혀를 차는지 의아했다. 그러나 무섭지는 않았다. 할아버지는 아버지와 달라서 화가 나도 혀나 찰 뿐, 밥상을 둘러엎거나 식구들을 때리지는 않았다.

"난리가 끝났으니 우리 아들덜두 돌아오겠지유?"

할머니가 물었다.

순이도 알아차린 할아버지의 기분을 할머니는 눈치채지 못한 것 같았다. 할아버지는 쩝, 입맛을 다셨다. 그러고는 숟가락을 상 위에 탁 소리 나게 놓았다. 상이 부서질 것 같았다.

마당이 고요해졌다. 쑥대 타는 소리가 투둑 우박 떨어지듯 들렸다. 모기가 웽웽 날아다녔다. 하늘엔 소금밭처럼 별이 가득하고 은하수가 뿌옇게 가로놓였다.

"난리두 끝났다는데 우리 새끼덜은 왜서 안 돌어오너."

할머니가 중얼거렸다.

순간 할아버지가 무서운 눈초리로 할머니를 꼬나보았다. 할머니는 부리부리한 할아버지 눈에 지레 질려서 눈을 내리깔았다. 잠깐 밥상머리가 침묵에 덮였다. 순이는 감자 위에 붙은 강낭콩과 보리쌀만 뜯어 먹다가 얼른 감자째 퍼서 입에 가득 물었다.

"하나는 인민군으로 나가구……."

할아버지가 툭 뱉었다.

할머니가 번쩍 고개를 쳐들고 할아버지를 바라보았다. 순이
도 어른들을 쳐다보았다.

"하나는 국군으로 나가서 여태 소식이 없는데, 뭐이 어디루
돌아와! 그 아덜이 원족(소풍)을 갔너, 천렵을 갔너? 대관절
인간이 나이를 똥구녕으루 처먹었너? 아무리 낫 놓구 기역 자
를 몰러두 그래 그렇게 대가리가 안 돌어가? 에이구우!"

할아버지는 혀를 차고 한숨을 쉬며 뒤로 물러났다.

"순이 니 웃방에 가서 할애비 담배통 줌 가주올라너."

할아버지가 순이에게 말했다.

순이는 날름 일어섰다. 깡통으로 된 할아버지의 담배통은
윗방 문턱에 놓여 있었다. 순이는 담뱃대와 담배통을 가져다
가 할아버지 앞에 공손히 놓았다.

"니 할민 니 똥구멍에두 못 미친다!"

할아버지가 말했다.

순이는 그 말이 무슨 뜻인지 몰랐지만 자기를 혼내는 말이
아니라는 것은 눈치챘다.

할아버지가 담배를 피웠다. 할머니는 인기척을 느낀 쥐며느
리처럼 한껏 웅크린 채 순이가 께적거리다 만 밥그릇을 박박
숟가락으로 긁었다. 순이는 재빨리 할머니 곁으로 와서 바짝

붙어 앉아 할머니의 광목 치맛자락을 손가락으로 돌돌 말았다. 그러고는 할머니 얼굴을 할깃할깃 쳐다보았다. 왠지 할머니가 울 것 같은 생각이 들었다. 울면 어쩌나, 걱정이 되었다. 어른이 울면 싫었다.

"갸덜이 올 것 같으문 반공 포로 석방할 때 왔어, 이 밍충아! 아덜이 집을 몰러 못 오는 줄 알어?"

할아버지가 아까보다는 훨씬 가라앉은 목소리로 말하며 담배 연기를 뱉었다. 연기가 어둠에 섞이고 냄새가 마당에 퍼졌다. 할머니는 빈 그릇을 포개고 숟가락과 젓가락을 한 손에 모아 잡은 채 일어나다가 엉거주춤 섰다.

"그럼 쥔 맘성엔 우리 새끼들이 죽은 거 같애유?"

할머니가 할아버지를 바라보며 멈칫멈칫 말했다. 할아버지는 등을 홱 돌렸다. 할머니가 앞으로 곤두박이듯 주저앉더니 곧 울기 시작했다.

"에잇!"

할아버지가 한마디 뱉으며 일어섰다. 신발을 신고 마당 밖으로 나가 도랑을 건넜다. 순이는 할아버지의 담뱃불이 더는 보이지 않을 때까지 바라보았다.

할머니는 외로웠다. 둘째 아들은 전쟁 나던 해 이른 봄에 결혼했지만, 한 동네에 살지 않았다. 인민군에 나갔다가 다시 국군이 된 둘째는 서로 총부리를 맞대고 죽이려 하던 두 군데의 군인 생활을 한 터라 고향 땅이 국군의 손에 들어갔어도 삼팔선은 진절머리가 나서 넘기도 싫다며 며느리 친정 동네에 터를 잡았다. 할머니는 손녀딸 순이를 보며 허전한 마음을 달래곤 했다.

할머니가 방문을 확 열어젖혔다. 부지깽이로 문지방을 탁탁 탁 쳤다.

"요너러 간나! 그래, 해가 똥구녕을 쑤세두 자빠져 잘란?"

할머니가 벌레처럼 홑이불 속으로 파고드는 순이를 바라보며 부러 겁주는 목소리로 소리쳤다. 잘란? 할 때는 문지방을 다시 부지깽이로 타닥, 쳤다.

"니는 그래 배때기에 뭔 지름이 찌서 배가 안 고프너?"

할머니는 문턱에 쪼그리고 앉아서 방 안을 들여다보았다. 순이가 기어 들어가 불룩해진 홑이불이 조금씩 들썩거리고 있었다. 할머니는 아침 일, 그러니까 마을 사무소에 가서 군인들 밥해 주는 일이 없어진 뒤로 어느 한 날이고 순이를 깨우지 않을 때가 없었다. 날마다 부지깽이를 들고 문턱에 와서 문지방을 두들기며 큰 소리로 순이를 야단쳐도 당신은 이런 시간이 즐거웠다.

"자꾸만 그래 봐라. 할머이가 제삿날 마수운 건 다 철이만 줄란다!"

할머니가 조금 전의 불같은 기색이 푹 꺾인 목소리로 느릿느릿 말했다.

그 말이 끝나자마자 홑이불이 훅 들렸다. 빤쓰만 입은 순이가 할머니를 바라보았다.

"오늘이 제사래유?"

순이가 심각하게 물었다. 심각해지면 순이는 할머니에게 존대를 했다.

할머니는 손가락 한쪽을 다 꼽더니 다른 손도 들어서 꼽아 보았다.

"이레 남었다!"

"이레가 뭐너?"

"일곱 밤 잔다는 말이지!"

일곱 밤. 순이는 '일곱 밤'을 생각했다. 먼 것 같기도 하고 가까운 것 같기도 했다. 어쨌든 마음이 급해졌다. 무릎걸음으로 부엌 쪽 벽으로 가서 거무튀튀한 껌을 떼어 입에 넣었다.

"어멈이 오늘 술 당군단데(담그자는데), 나랑 산에 가서 솔잎 따 오자!"

할머니가 일어서며 말했다. 순이는 껌을 씹다가 거슬리는 벽지를 뱉어 내고 옷을 입었다.

할머니는 눈곱도 떼지 않은 순이를 앞세우고 집을 나섰다. 순이는 할머니가 쥐여 준 소금 뿌린 누룽지 주먹밥을 먹으며 앞장서서 걸었다. 껌은 왼손 엄지와 검지 사이에 소중히 붙들고 있었다.

날은 맑고 하늘엔 구름 한 점 없었다. 그래도 초가을 햇살은

기우는 볕이었다. 그늘에 들어서면 선선했고, 불어오는 바람
에는 서늘한 기운이 듬뿍했다. 매미가 자지러지게 울다가 인
기척이 나면 뚝 그치곤 했다. 잠자리는 짝을 지어 붕붕 날고 호
랑나비는 관목 사이를 너울거렸다. 벌써 물이 마르기 시작하
는 풀숲에서 메뚜기가 튀어나와 건너편으로 뛰어가곤 했다.
송장메뚜기, 방아깨비, 사마귀도 있었다. 몸이 시린 작은 나비
와 나방은 나무 그늘 속으로 들어가 흙내를 맡으러 엎드렸다.

순이는 누룽지를 다 먹고 다시 껌을 씹으며 여전히 할머니
앞에 서서 걸었다. 무슨 노래인지도 모르는 것을 연신 부르며
가끔 팔을 추켜들고 춤까지 추었다.

한창 신이 나서 노래 부르고 앞장서 걷던 순이가 북문 너머
언덕배기를 다 올라가더니 갑자기 홱 뒤돌아섰다. 할머니도
'신고산 타령'을 흥얼거리던 중이라 순이의 얼굴을 보지 못했
다. 순이가 제 곁으로 다가온 할머니 등 뒤로 가서 치마 속을
파고들자, 그제야 눈치를 채고 혹시 길가에 뱀이라도 있나 두
리번거렸다. 그러나 뱀은커녕 지렁이도 보이지 않았다.

"왜서! 뭘 봤?"

할머니가 걸음을 멈추고 물었다. 순이가 할머니 치마를 둘
둘 말고 숨어서 걸음이 잘 떼어지지 않았다.

"저거 싫어! 무수워!"

"뭐이?"

"저거 상엿집!"

순이가 잔뜩 겁먹은 소리로 말했다. 할머니는 코웃음을 쳤다.

"야, 니가 여길 한두 번 가 보너? 다른 땐 멀쩡하다가 시방 왜서 그리너?"

"귀신이 살어!"

"귀신은 뭔 귀신?"

"귀신이 산다구!"

순이가 지지 않고 크게 소리쳤다.

"니는 귀신 봤너?"

순이는 대답하지 못했다.

하지만 무섬증은 사라지지 않았다. 할머니 치마를 손아귀로 하도 악착같이 움켜잡아서 할머니가 쓰러질 지경이었다.

"야, 할머이가 죽으문 타구 저승 갈 가매가 저기 있는데 뭐이 무습너? 니는 저 가매 안 타구 거적 쓰구 저승 갈란? 거적 쓰구 갈란?"

할머니가 쥐며느리처럼 몸을 구부린 순이의 등이며 몸을 살살 문지르며 말했다. 돌덩이같이 굳었던 순이의 몸이 얼음 녹듯 풀리는 기미가 보였다.

"거적이 뭐너?"

순이가 나직이 물었다.

"가마니때기지 뭐긴 뭐여. 니는 저 가매 안 타구 가마니에 둘둘 말어서 땅에 파묻는 기 조워?"

"누가 죽는대?"

순이가 눈을 무섭게 뜨고 악을 썼다.

할머니가 소리 내어 웃으며 순이의 손을 잡았다. 순이는 상 엿집이 보이지 않는 오른쪽에 서서도 할머니 치마로 얼굴을 가렸다. 할머니는 언덕을 내려가며 이야기를 했다. 여자는 평 생 두 번 가마를 타는데, 그게 바로 시집갈 때와 죽어서 산에 묻히러 갈 때다. 그래서 저 상여를 잘 모셔야 된다고 했다. 또 우리는 초가집에 살아도 상엿집은 기와를 얹어서 대접한다는 이야기도 했다.

이런 이야기를 하는 동안 할머니는 자신의 아버지와 어머니 가 거적에 말려 산으로 올라간 것을 기억해 냈다. 물자가 귀하 디귀한 왜정 시절이긴 했지만 할머니네는 땅이 한 뼘도 없었 다. 밥을 먹는지 흙을 먹는지 분간이 안 되던 어린 시절이었다. 저 멀리 아득히 바라보이는 산봉우리처럼 서러움이 울렁울렁 솟으려 했지만, 할머니는 모른 척 마음을 돌렸다. 서러움도 마 음을 주면 자꾸 자라났다.

순이는 할머니의 긴 이야기를 거의 듣지 않았다. 발걸음이 내리막을 딛고 한참 지나서야 살며시 눈을 떴다. 눈앞에 갖가 지 색깔의 논과 밭이 보였다. 순이는 할머니 치마폭에서 메뚜 기처럼 튀어나왔다.

"아이구우, 살았다!"

그리고 이마에 제 손을 대고 또 가슴팍에 대면서 성호를 그 었다. 그러는 순이를 할머니가 기이한 눈으로 바라보았다.

"니 시방 뭘 핸?"

할머니가 걸음을 멈추고 물었다. 순이의 두 볼이 발그레했다. 순이는 휙 등을 돌리고 깡충깡충 뛰면서 앞으로 나갔다.

할머니는 멀어지는 순이를 바라보다가 큰 소리로 불렀다.

"순이야!"

순이는 듣고도 대답하지 않았다. 걸음을 멈추지도 않았다.

"니 천주당 여시 다신 만내지 말어! 귀신 들릴라!"

할머니가 소리쳤지만 순이 귀에까진 들리지 않았다.

솔잎은 순이네 논 위의 산에서 뜯었다. 할머니는 소쿠리 끈을 목에 걸고 깨끗한 솔잎만 가려서 뜯어 담았다. 순이는 메뚜기나 잡으며 놀라는 할머니의 당부를 듣지 않고 솔잎을 따다가 송진만 묻히고는 그만두었다. 손이 찐득거린다고 징징거리는 순이를 할머니는 산기슭의 흙으로 비벼 주었다. 그래도 송진은 깨끗하게 없어지지 않았다.

순이는 할머니가 만들어 준 강아지풀 줄기에 메뚜기를 잡아 꿰었다. 벼꽃이 하얗게 핀 논, 아직 피지 않은 논, 벼꽃이 진 논두렁들이 산기슭으로 줄지어 있었다. 비가 내리지 않으면 가물어서 농사를 지을 수 없는 천수답이긴 해도, 여간 가물지 않으면 웬만해선 물이 마르지 않는 곳이었다.

할머니와 순이는 점심때가 다 되어 솔잎이 가득 찬 소쿠리와 메뚜기가 줄줄이 매달린 강아지풀 두 꼭지를 들고 집으로 돌아왔다. 굴뚝에서 연기가 피어오르고 있었다.

"어멈이 벌써 완기다(온 모양이다)."

할머니가 말했다.

순이가 도랑을 휙 건너뛰어 마당으로 들어섰다. 어머니가 왔으면 술밥을 먹을 것이다. 생각만 해도 입안에 침이 가득 고였다.

순이는 부엌으로 들어서며 어머이! 소리쳤다. 어머니가 부엌에 있다는 것이 무척 기뻤다. 어머니 마음도 저와 같을 거라는 생각을 의심할 수 없었다. 그러나 감자가 뜸이 들기 시작한 솥의 뚜껑을 행주질하던 어머니는 달려드는 딸을 쳐다보지도 않았다. 순이는 냉기를 느꼈지만 어머니에게 매달렸다.

"아이구우, 야가 왜서 이러너? 다 큰 기!"

어머니가 몸을 피하며 말했다. 순이는 머쓱해서 입을 내밀며 물러섰다.

"메뚜기다아!"

철이가 순이 손에 들려 있는 메뚜기를 보고 소리쳤다. 순이는 철이에게 눈의 흰자위만 보이게 흡뜨고 아랫입술을 깨물었다. 흠칫 놀란 철이가 어안이 벙벙해서 어쩔 줄을 몰라 했다. 어머니는 아이들의 이런 기미를 놓치지 않고 순이 손에서 메뚜기를 잡아챘다.

"이걸 들구 있으문 어쩔래. 얼릉 볶어나 먹어야지!"

순이는 이를 악물었다. 마음이 꽁꽁 얼어붙는 기분이었지만 어쩔 수가 없었다. 어머니는 작은 상을 부엌 바닥에 펴고 김이 펄펄 오르는 감자를 투가리에 가득 담아 올려놓았다. 뒤란에서 솔잎을 추리고 들어오던 할머니가 종지를 들고 나가 고추장을 퍼 와서 상에 앉았다.

할머니는 감자에 고추장을 발라 먹고 아이들은 어머니가 가져온 버터를 발라 먹었다. 어머니는 버터가 아까워서 고추장을 발라 먹었지만, 할머니는 버터의 기름내를 맡으면 머리가 어지럽고 속이 울렁거린다며 질색을 했다.

미군 부대에서 흘러나온 이상한 먹을거리 중에는 할머니가 싫어하는 것이 많았다. 하얀 기름이 듬성듬성 박힌 깡통 고기, 낱장으로 떨어지는 얇은 고기, 노랗고 미끈거리는 밀 반대기 같은 치즈라는 것도 혀에 대어 보고는 튀퉤! 뱉었다.

할머니가 그럭저럭 반기는 것도 있긴 했다. 잼이었다. 씨앗이 씹히는 빨간 딸기 잼은 싫어하지 않았다. 그러면서도 잼을 손가락 끝으로 찍어 먹을 때마다 조청보다 못하다느니, 겨우내 독에 넣어 익힌 고욤보다 못하다느니, 꼭 트집을 걸고 흠을 잡았다.

하지만 순이는 할머니와 달랐다. 그런 것은 모두 천국에서 온 음식이고 신부님이 먹는 것들이었다. 순이는 그런 음식을 얻어먹을 때마다 천국을 생각하고 그리워하고 가깝게 느끼면서도 식구들에겐 절대 말하지 않았다.

할머니는 버터를 발라 먹는 아이들에게 고추장을 발라 먹이려고 애를 썼다. 조선 사람은 고추장을 먹어야 기운을 쓴다고 했다. 그러나 할머니가 아무리 애를 써도 철이는 고추장 바른 감자를 먹지 않았다. 순이도 마찬가지였다.

"철이 요누무 종자새끼!"

할머니가 감자를 입에 넣으며 중얼거렸다.

"종자새끼는 왜서 붙이세유?"

어머니가 번철에서 탁탁 튀다가 누렇게 익는 메뚜기를 뒤적이며 말했다.

"그럼 종자를 종자라구 해야지, 간나라구 하너?"

할머니는 당당하게 대꾸했다.

"어디 가서 그러지 마세유. 사람 본새가 말짱 입으루다 나온대유."

어머니가 말했다. 그러거나 말거나 할머니는 속으로 나 좋으면 장땡이지, 생각했다.

메뚜기는 모두 열세 마리였다. 어머니는 할머니에게 두 마리를 주고 한 마리는 자기 입에 넣고 나머지는 순이와 철이에게 똑같이 나눠 주었다. 하지만 순이는 철이를 마당으로 데리고 나가 한 마리를 빼앗았다. 철이는 아무렇지도 않았다. 순이에게 허기증을 느끼게 하는 것들이 철이에겐 아직 거의 생기지 않았다.

술밥이 쪄지는 동안 순이는 철이와 마당에서 놀았다. 마당가와 변소 지붕으로는 호박과 박 덩굴이 올라가 있었다. 호박은 변소 남쪽 벽을 타고 내려가 텃밭 돌담으로 길게 뻗었다. 순이와 철이는 호박 덩굴 옆에 서서 벌이 호박꽃으로 들어가기를 기다렸다. 벌이 들어간 호박꽃의 입을 재빨리 움켜잡아서 꽃을 따고 땅바닥에 내려치는 것은 철이가 했다. 어떤 땐 벌이 살아서 뒤뚱뒤뚱 날아가고, 어떤 땐 기운을 못 차리고 죽었다. 죽어 가는 벌의 꽁지에서 침을 빼고 나면 벌을 놓아주었다. 침을 빼앗긴 벌은 이내 죽었다.

아이들이 잡건 말건 호박벌은 개의치 않고 윙윙거렸다. 아이들은 벌에 쏘일까 몸을 사리면서도 벌을 따라 아랫집까지 내려가서 와아! 소리 질렀다.

"철이야아! 순이야아!"

할머니가 마당으로 나와 아이들을 불렀다. 순이와 철이는 듣고도 대답하지 않았다.

"느덜 거기서 호박꽃 따너? 얼마나 혼이 날라구!"

할머니가 마당 끝에 서서 아이들을 바라보며 큰 소리로 말했다.

"할머이! 술밥 다 됐너?"

순이가 할머니에게 물었다. 할머니가 말없이 어서 오라고 손짓을 했다. 아이들이 허둥지둥 달려왔다.

술밥은 고슬고슬하고 입에서 오래도록 씹으면 달았다. 순이와 철이는 함지 곁에 바짝 붙어 섰다. 어머니는 김이 무럭무럭 올라오는 함지의 술밥을 커다란 나무 주걱으로 뒤적였다. 할

머니도 다라이의 술밥을 뒤적여서 김을 뺐다. 아이들은 숨이
꼴깍 넘어갈 지경이었다. 마치 약속이라도 한 듯 두 손을 맞잡
아 배꼽쯤에 댄 순이와 철이는 간절한 표정으로 기다렸다.

순이는 저번처럼 제 손이 덥석 함지 안으로 들어갈까 걱정
이 되었다. 그랬다간 어머니가 주걱으로 손목을 탁 칠 게 뻔했
다. 전에도 그랬다. 특히 제사에 쓰는 술밥은 아이들이 먼저 먹
는 게 아니라고 하였다. 아이들의 눈길은 어머니의 주걱을 따
라 움직였다.

바로 그때였다. 철이 쪽으로 밤톨만큼 뭉친 밥이 흩어져 내
렸다. 순이가 철이를 밀치고 잽싸게 주워 입에 넣었다. 입에서
밥알을 채 씹기도 전에 순이의 등에 탁, 하고 주걱 모서리가 내
리꽂혔다. 순이가 퍽 주저앉았다.

"니가 다리 밑에 사는 거러지너!"

어머니가 날카롭게 소리쳤다.

순이는 등이 얼얼해서 정신이 없었지만 엉거주춤 일어섰다.
부끄럽고 화도 났지만 고개를 숙인 채 아랫입술을 물고 서 있
었다. 입안에 든 밥알은 씹어지지도, 삼켜지지도, 뱉어지지도
않았다.

"동상만두 못한 기! 철이 줌 봐! 눈깔이 있으문! 나이를 똥
구녕으루다가 처먹어두……."

어머니가 순이를 흘겨보고는 말하는 당신 입이 아프다는 듯
이 입을 다물었다.

순이의 목은 더 움츠러들고 고개는 점점 더 아래로 꺾였다. 울지도 않는데 코가 쉴 새 없이 흘러내려 훌쩍거렸다. 이러다가 눈물까지 흐를 것 같았다.

"코 풀어!"

어머니가 참지 못하고 다시 소리 질렀다. 어머니의 말이 다 끝나기도 전에 순이는 코를 훌쩍 들이마셨다. 입안에 든 술밥 속으로 콧물이 섞였다. 그 바람에 눈물은 쏙 들어갔다.

할머니가 어머니 몰래 순이의 등을 살며시 잡아당겼다. 할머니를 돌아보는 순이 눈에 금방 눈물이 고였다. 그런 순이를 바라보던 할머니가 눈을 질금 감았다가 떴다. 그러더니 할머니의 주름진 입술이 오물오물 움직였다. 손 내밀어! 술밥 줄게! 순이는 할머니의 소리 없는 말을 모두 알아들었다. 입안에 들어 있던 콧물에 버무려진 술밥은 어느새 목구멍으로 넘어갔다.

할머니가 순이 손에 술밥을 한 줌 쥐여 주었다. 순이 얼굴이 환해졌다. 철이도 누나를 따라 벌써 할머니의 다라이 곁에 서 있었다.

"철이야!"

할머니가 작은 소리로 철이를 부르며 술밥을 주었다. 철이가 열 손가락을 국자처럼 오므려도 틈새로 술밥이 떨어졌다. 할머니가 철이 손을 더 옴팍하게 잡아 주었다.

"어여 나가. 나가서 먹어! 꼭꼭 씹어."

할머니가 속삭였다.

아무리 속삭여도 어머니 귀에 다 들렸다. 어머니는 못 들은 척했다. 순이와 철이는 볕에 달궈진 댓돌에 엉덩이를 반씩 대고 앉아서 술밥을 씹어 먹었다. 순이는 제 손바닥에 혀를 쏙 내밀어 밥알을 붙여서 입에 넣고 잘근잘근 씹었다. 고소하고 달큰한 맛이 우러날 때까지 그렇게 했다. 철이도 똑같이 했다. 누나 손에 얼마나 남았는지, 흘깃거리며 살펴보는 것도 순이를 닮았다.

"철이야!"

순이는 밥알이 하나, 둘, 셋, 하고 낱으로 셀 수 있게끔 남았을 때 은근하게 철이를 불렀다. 철이 손에는 순이 것보다 세 배는 더 되게 남아 있었다. 철이가 누나의 다정한 목소리에 홀린 듯 쳐다보았다.

"넌 천당이란 거 몰르지?"

순이가 침을 꼴깍 삼키고 물었다. 철이가 순이를 빤히 쳐다보았다.

"천당이 얼매나 좋은 덴데!"

순이가 혼잣말을 했다.

"누나 천당이 뭐너? 누난 가봤?"

"안죽은 못 가 봤어."

"근데 어떻게 아너?"

철이가 물었다.

순이의 눈길은 철이의 손에 가 있었다. 마음도 거기로 따라가 있었다. 순이는 다시 침을 꾸럭 소리가 나게 삼켰다. 철이가 손바닥의 밥알을 혀에 묻혔다. 밥알은 이제 스무 개나 남았을까. 순이는 제 손에 든 밥알을 한꺼번에 입에 넣었다. 그리고 재빨리 철이를 바라보았다. 콧물에 밥알 두 개가 붙어서 철이가 숨을 쉴 때마다 들썩거리는 게 보였다. 순이는 다른 때처럼 웃지도 않고 흉도 보지 않았다. 이제 철이가 두 번만 혀로 찍으면 밥은 다 없어질 게 뻔했다.

"니가 그거 나 다 주문 알퀴 줄게."

순이가 다급하게 말했다. 철이가 콧물 묻은 밥알을 씹으며 제 손바닥을 내려다보았다. 그리고 순이를 쳐다보았다. 철이가 두 번쯤 숨을 쉬고 손을 순이의 입 쪽으로 내밀었다.

"누나 다 먹어!"

순이의 입이 벌어졌다. 순이는 기다렸다는 듯 철이 손을 잡고 혀로 철이의 손바닥을 핥았다. 철이 손바닥에는 밥알이 한 알도 남지 않고 더럽고 척척한 순이의 침만 묻었다.

"천당은 여기메서 아주 먼 데 있어."

순이가 코를 홀쩍 들이마시고 말했다.

철이가 하늘을 올려다보았다. 그리고 손짓을 했다.

"저기 하늘만큼 먼 데?"

철이가 물었다. 순이는 고개를 저었다.

"그럼 어디? 외할머이네 집보다 더 머너?"

"응!"

순이는 단 한마디로 대답하고는 댓돌에서 발딱 일어섰다. 영이가 떠올라서였다. 영이는 천당이 어디 있는지 절대로 말하면 안 된다고 했다. 약속을 어기면 지옥에 간다고 손가락을 걸고 또 걸었다. 지옥은 호랑이나 뱀보다 더 무서운 곳이라고 했다. 지옥에 갈까 봐 순이는 겁이 났다.

순이는 아직 입안에 남아 있는 밥을 마저 알뜰하게 혀로 핥아 삼켰다. 철이가 조바심을 치며 순이를 붙잡고 따라 일어섰다.

"말해! 그기 어디라구?"

철이가 졸랐다.

순이는 행여 말하게 될까 봐 입을 꼭 다물었다. 그리고 마당을 뱅뱅 돌다가 도랑을 건너뛰어 길로 나갔다. 철이가 순이를 쫓아왔다. 순이는 길가 텃밭을 지나고 그 앞의 집을 지나고 오른쪽 작은 골목으로 꼬부라졌지만 철이를 떼어 놓지는 못했다. 철이는 달음박질이 빨랐다. 숨이 턱에 닿아 할딱거리며 순이는 땅바닥에 고꾸라졌다. 철이가 순이의 등 위로 엎어졌다.

"얼릉 말해!"

철이가 다그쳤다.

"니가 호박벌 열 마리 잡어 오문 말해 줄게!"

순이가 숨을 헉헉 몰아쉬며 말했다.

철이는 조금 생각하더니 남의 집 텃밭 낮은 돌담 위로 시퍼렇게 뻗어 나간 호박 덩굴을 바라보았다. 선선한 바람이 불기 시작한 뒤로 호박꽃은 무더기로 피었고 벌도 쉴 새 없이 날아들었다.

철이는 씩 웃었다. 지저분한 얼굴에 하얀 이가 드러났다. 호박꽃 속에 들어간 벌을 잡는 건 아주 쉬웠다. 철이는 그제야 자기가 짓누르고 있던 순이의 등에서 일어나며 손가락을 내밀었다. 순이가 제 손가락을 걸었다.

철이는 금세 호박벌 열 마리를 잡아 순이 앞에서 꽁지의 침을 뽑았다. 순이 손바닥에 독침이 빠진 벌 열 마리를 얹어 주고는 천당이 어디 있느냐고 또 물었다.

순이는 철이에게 비밀을 지키라고, 그러지 않으면 지옥에 가는데, 지옥엔 호랑이와 뱀이 득시글거린다고 말하고 손가락을 걸어 맹세를 받아 냈다.

"이 땅속에 있어. 아주아주 깊이 파묻 나와!"

순이가 낱말 하나하나를 공깃돌 굴리듯이 말했다. 철이가 호기심이 자글거리는 눈길로 순이를 바라보았다.

철이가 무언가 묻고 싶어 입을 벌리자 순이는 철이의 입에 손가락을 세워 막고 눈을 부라렸다. 철이는 말하지 못했다. 순이도 말을 하지 않고 입속에서만 음음음, 이런 소리를 냈다. 철이는 말하지 못해도 좋았다. 누나만 알고 있는 천당이 어딘지 알았기 때문이다.

8

제사 전날부터 집 안은 분주하고 넉넉했다. 어머니는 이른 아침에 집으로 왔고 아버지도 물 초롱 두 개가 매달린 어깨걸이를 지고 우물에 가서 물을 길어 왔다. 순이는 모두 한집에 있는 것, 그리고 어른들, 특히 아버지가 어머니와 사이좋게 이야기하고 일하는 것이 좋아서 흥분했다. 얼굴은 벌겋게 달아오르고 말소리는 높았다.

순이는 마당에서 경중경중 뛰고 철이와 이것저것 정신없이 놀이를 했다. 사방치기를 하다가 땅따먹기를 하고 소꿉을 놀다가 고무줄을 했다. 그러고는 이내 손바닥을 엇바꿔 마주 치며 '푸른 하늘 은하수'를 불렀다. 길 쪽에서 자동차 소리가 들려도 달려가지 않았다. 흙먼지가 집채만큼 피어오를 게 뻔하고 그 속에 들어가 먼지가 가라앉을 때까지 춤을 추면 얼마나 재미있는지 말로 할 수 없었지만, 그런 건 지금 아무것도 아니었다.

할머니는 봄에 삶아서 뼈처럼 단단하게 말려 놓은 고사리를 오래도록 다시 삶았다. 순이와 철이는 한동안 마당을 휩쓸며 놀다가 부엌이 궁금해지면 들어와 감자 한 알을 들고 아궁이 불가에서 눈치를 살폈다.

"나가 놀어!"

어머니는 오로지 먹을 것에 눈이 먼 듯 보이는 아이들, 특히 순이의 반들거리는 눈빛을 보면 욱하고 올라오는 것이 있어서 볼 때마다 밖으로 내몰았다. 순이는 할머니 눈치를 살폈다. 할머니와 눈이 마주치면 감자를 내보였다. 할머니는 눈웃음을 지어 보였다. 순이는 나가는 시늉을 하다가 희망을 품고 다시 아궁이 앞에 와 웅크리고 앉았다.

"나가! 나가 놀어!"

결국 어머니가 부지깽이를 집어 들었다. 순이는 할머니 눈치를 살피면서 울려고 입부터 비죽 내밀었다.

"그러니 아덜이라지, 달래 아덜이너?"

할머니는 이렇게 역성을 들어 주며 아궁이 잿불에 감자를 묻었다. 어머니의 서슬에 놀라 쫓겨서도 멀리 안 가고 문지방 바깥쪽에 제비처럼 나란히 앉아 부엌을 바라보던 순이와 철이 얼굴에 기쁨이 어렸다.

"아덜을 그렇게 질들여서 어뜩할라구 그래유?"

어머니가 못마땅해하였다. 할머니는 대답하지 않았다. 할 말이 없었다.

"쌍놈 만들래유?"

어머니가 한마디 더 했다.

할머니는 여전히 대답하지 않았다. 할머니는 어머니가 당신을 괄시하고 잘난 체한다는 걸 알았다. 그래도 며느리를 어쩔 수가 없었다. 그저 그러려니 하였다. 오늘만 해도 순이 어멈은 노할머니 이야기를 몇 번이나 했다. 노할머니는 돌아가시는 때도 잘 골라 돌아가셨다는 것이었다. 한여름 뙤약볕도 피하고, 어린아이 손도 붙잡아다 쓴다는 가을걷이철도 피해서 이맘때 돌아가셨다는 것이었다.

어머니는 할머니가 마음에 들지 않을 때면 노할머니 이야기를 꺼냈다. 그분은 책도 읽고 예의범절도 번듯하고 집안이 양반이라는 것이었다. 이런 건 모두 할머니와 반대였다. 한 번은 할머니가 시집와서 노할머니에게 매를 맞았다는 얘기를 했지만, 어머니는 그래도 노할머니 편을 들었다. 양반집에서 시집오신 분이 오죽하면 며느리를 매질했겠느냐고, 잘라 말했다. 할머니는 어머니에게 대꾸하진 않았지만 두 사람 사이의 정을 오가게 하는 다리가 물에 떠내려갔다고 생각했다.

항아리마다 물을 가득가득 붓고, 물 초롱에도 물을 가득 담아 내려놓은 아버지는 장작을 팼다. 순이와 철이는 아버지가 나무 가시 튄다고 멀리 떨어지라는 말도 듣지 않고 주변을 빙빙 돌았다. 그러다가 도끼날에 장작이 패이며 떨어져 나온 성냥개비 같은 나무들이 생기면 날름 주웠다. 모두 소꿉을 놀 때 아궁이를 만들어 장작으로 쓸 것이었다.

아버지는 장작을 패고 나서 관솔도 쪼갰다. 송진이 말라붙은 주황색 소나무를 손가락만큼씩 잘라서 칡 줄기로 엮은 낡은 바구니에 가득 담아 놓았다. 불을 피울 때 관솔에 불을 붙여 밑불로 쓰고, 마당에 불을 밝힐 때도 썼다.

"물은 이만하면 충분할 기구…… 장작두 팼구……. 뭐 내가 할 일 더 없냐?"

찬물 한 사발을 벌컥벌컥 마신 뒤에 입을 쓱 닦고 나서 아버지가 물었다. 아버지는 행복해 보였다. 부드럽고 즐거운 미소가 얼굴에 피어 있었다. 아버지는 가끔 그랬다. 순이는 아버지와 어머니를 급하게 돌아보았다. 조마조마했다. 어머니가 아버지 마음을 상하게 할지 몰랐다.

"남자 할 일이 뭐가 있어유? 그만 했으문 됐지!"

어머니가 대답했다.

순이는 가슴이 철렁했다. 아버지가 화날 텐데. 아버지가 화나면 안 되는데. 어머니는 왜 그런 걸 모를까, 이런 마음이었다.

아버지는 무안을 감추려고 잠시 숨까지 죽인 채 서 있는 듯하더니 어머니를 힐끔 보고 바지춤에 손바닥을 쓱쓱 문지르며 부엌을 나갔다.

아랫목에서 엿새 동안 잘 익은 술은 오후에 걸렀다. 순이와 철이는 당원을 섞어 단맛이 나는 술지게미를 얻어먹고 나른해졌다. 그 기운을 부채질하느라 마당에서 맴을 돌았다. 몇 바퀴를 돌다가 흙바닥에 핑 쓰러져 술에 취했다고 좋아서 깔깔댔다.

이른 아침에 작은아버지와 작은어머니가 왔다. 식구들이 아침상을 받았을 때였다.

할머니는 작은아버지가 들고 온 밑이 둥그렇게 처진 자루와 작은어머니가 이고 온 광주리를 아들 며느리보다 더 반기는 것 같았다. 잡아맨 자루의 매듭을 이로 풀고 있을 때 어머니가 불렀다.

"절부터 받으세유!"

어머니는 할머니가 못마땅했다.

"나이를 얼루 잡수셔서 저런가 몰러. 남세시루운 기 한두 가진 줄 아녀? 같이 살어 봐, 동세. 아이구우, 아이구우……."

어머니는 할머니를 향해 고개를 뺀 작은어머니 귀에 재빨리 속삭이고 혀를 찼다.

절을 하고 나서 어른들은 작은집 사는 형편이며 그쪽 집안의 안부를 물었다. 어느 대목에선 목소리가 높아지고 어느 대목에선 낮아졌다. 할머니는 작은어머니가 아직 아이가 없는 것을 무엇보다 안타까워하고 궁금해했다. 어디 용한 점쟁이를 찾아가 물어보라고도 했다.

아직 아랫목에서 잠을 깨지 못하던 순이와 철이가 수선스러운 분위기에 눈을 떴다. 둘은 작은아버지와 작은어머니에게 눈곱도 떼지 않은 얼굴로 절을 했다. 아무리 가르쳐도 아이들은 엉덩이를 하늘로 추켜세우고 절을 했다. 어른들은 혀를 차면서도 재미있어했다.

할머니 못지않게 순이는 작은어머니가 가져왔을 선물에 온 마음이 쏠렸다. 작은어머니는 제사 때나 할아버지 생신, 그리고 설과 추석 명절에 선물을 가져왔다.

할머니는 누구보다 먼저 밥상에서 일어나 광주리와 자루가 나란히 놓인 부엌으로 나갔다. 순이와 철이도 따라 나갔다. 철이는 어머니가 밥부터 먹어야 한다고 아무리 을러대도 들은 척을 하지 않았다.

할머니가 풀다 만 자루의 매듭을 한 손으로 붙잡고는 이가 보이게 웃었다. 발길질을 하는 문어 다리를 움켜잡고 할머니는 아이들을 쳐다보았다.

"아이구야, 이거 볼란? 물크덩한다! 니덜두 만제 봐, 어여!"

할머니가 개구쟁이 같은 표정으로 아이들에게 말했다.

할머니가 머뭇거리는 철이의 손을 잡아끌어 자루에 대 주었다. 철이는 손에 닿는 감촉이 징그러워 뒤로 엉덩방아를 찧으며 내뺐다. 순이는 시키지 않아도 꿈틀대는 자루 쪽에 손을 댔다.

"시방 뭐 하세유? 어쩜 아덜보다두 더하시네유."

어머니가 못마땅한 마음을 감추지 못하고 말했다. 나이를 어디로 먹었느냐고 덧붙이고 싶었지만 참았다. 할머니는 검은 눈동자를 아래로 몰아 뜨며 혀를 쏙 내밀었다.

곧 어머니가 문어를 다라이에 담았고, 작은어머니는 문어 삶을 물을 끓이려고 아궁이에서 재를 뒤적여 새빨간 잿불 덩이를 모으고 그 위에 관솔 몇 개를 얹었다. 관솔은 곧 핏핏 소리를 내며 불을 피웠다.

할머니는 광주리의 생선들을 꺼냈다. 모두 꾸덕꾸덕 말린 가자미, 열기, 우러기, 명태 들이었다. 할머니는 생선과 미역,

김, 해초 자반 들을 꺼낼 때마다 그 이름을 큰 소리로 말했다. 미역부터 자반까지는 꺼내면서 귀퉁이를 툭툭 떼어 당신 입에도 넣고 입맛 다시는 아이들에게도 주었다. 그러면서 연신 아이들에게 눈을 굼적거리며 이건 우리끼리만 먹는 거라는 티를 냈다. 하지만 아이들에게 해초는 입에 달지 않았다.

"할머이, 그건 뭐너?"

순이가 할머니 쪽에 놓였으나 할머니가 열어 보지 않은 작은 베 보자기 뭉치를 가리켰다. 할머니가 눈을 크게 뜨고 아이들을 바라보았다.

"뭔 줄 안?"

할머니가 바짝 잡아당길 것 같은 목소리로 속삭였다. 순간 순이가 덥석 잡았다. 할머니가 재빨리 순이 손을 제치더니 베 보자기를 들고 일어섰다. 아이들은 할머니가 움직이는 대로 따라갔다.

할머니와 순이, 철이는 곧 지붕의 추녀 그늘이 내려앉은 뜰방에 모여 앉았다. 할머니는 조심스럽게 베 보자기를 풀었다. 보자기가 풀리자 노란 도루묵 알이 보였다. 순이와 철이가 손뼉을 쳤다. 할머니는 조금씩 떼어 아이들에게 나눠 주었다. 아이들은 성이 차지 않았다. 조금만 더, 조금만 더, 보채서 크고 작은 도루묵 알을 세 덩이씩 얻고서야 미련을 버렸다.

제사는 한밤중이었다. 제사가 끝난 뒤에나 음식을 먹을 수 있었다. 그래도 순이는 제사가 좋았다. 집에서는 부침개를 하는 들기름내가 퍼졌다. 제사 음식은 미리 먹을 수 없다고 어른들이 눈을 부라렸지만, 순이와 철이는 풀 방구리에 쥐 드나들 듯 부엌을 맴돌았다. 부침개가 잘못돼서 상에 올리지 못할 거라며 뚝 떼어 아이들에게 주는 사람은 오로지 할머니뿐이었다.

어른들은 저녁밥도 굶었다. 그래도 배가 고프지 않았다. 이른 저녁이 되자 떡을 시작했다. 시루에 찐 찹쌀과 멥쌀을 차례로 안반에 올려서 메로 쳤다. 메는 아버지와 작은아버지가 양쪽에서 한 번씩 번갈아 내리쳤다. 할머니와 어머니는 안반의 양쪽 가운데에 나눠 앉아서 메질에 밀려나는 떡쌀을 모았다. 뜨거운 쌀은 메에 으깨지며 반죽이 되었다.

메질을 할 때도 아이들은 곁에서 두리번거렸다. 어쩌다 메에 붙었다가 부엌 바닥으로 떨어지는 것이 있으면, 아이들은 병아리를 채는 매처럼 달려가 서로 제 것이라고 다투다가 혼이 나거나 마당으로 내쫓겼다.

애당초 멥쌀이 안반에서 쳐지면 신분이 절편으로 바뀌고, 찹쌀은 인절미가 되었다. 큼직하게 만든 절편과 인절미는 참기름에 갠 미지(밀랍)를 발라 서로 붙지 않게 함지에 담았다.

이날은 잠을 자면 안 됐다. 순이는 오래도록 마당에서 별을 세고 별똥별을 지켜보았다. 방문턱에 앉아 창호지로 배어 나오는 등잔불 빛에 공깃돌을 받기도 했다.

아버지는 부엌에 붙은 광에서 제상을 내려 먼지를 털었다.

향로도 손보았다. 제상과 제기는 순이 어머니가 봄에 산 것들이었다. 쓰던 것들은 모두 전쟁 때 불타서 남은 게 없었다. 할아버지는 맏며느리가 제구(祭具)를 소중히 여겨 남부럽잖게 장만하는 태도만큼은 대견해하였다.

부엌에서는 탕국 끓는 냄새가 구수하게 퍼지고 방 안에서는 남자 어른들이 이야기를 나누었다. 이야기 소리는 부엌에서 더 잦았다. 아홉 시가 넘었을 때쯤 읍내 여기저기에 사는 일갓집 남자들이 한복이나 양복을 차려입고 왔다. 수염을 기른 할아버지는 갓을 썼고, 양복을 입은 아저씨도 있었다.

할머니도 방으로 들어왔다. 마른 제물은 벌써 제기에 담겨 있고 젖은 제물들은 진설할 때 담을 것이었다. 남자 어른들은 농사 이야기를 하다가 집 짓는 방식 이야기를 하다가 아주 가끔 아무개네 누가 포로수용소에서 얻은 병으로 다 죽게 됐다거나 어느 동네에서는 죽거나 실성한 사람이 있다는 이야기도 했다. 할머니도 끼어들었다. 설피밭 사는 어떤 할미가 이북 돈을 가지고 언제 쓸 수 있을까 구장에게 물어봤다가 바로 이튿날 서에 잡혀갔다는 이야기를 장날 들었다고 했다.

"혹시 어머이두 그런 돈 숨게 논 게 있으면 내놔유! 아궁이에 확 쓸어 넣게!"

아버지가 할머니에게 잔뜩 겁주는 목소리로 말했다.

철이는 무슨 소린지 알아듣지도 못하면서 두 눈을 샛별처럼 뜨고 할아버지 곁에 붙어 앉았다. 할머니 곁에 붙어 앉은 순이는 졸음이 잔뜩 고인 눈을 감았다 떴다 하였다. 절대로 안 잘 거야, 머리카락 사이로 손가락을 갈퀴처럼 넣어서 손톱에 끼는 이를 죽이는 할머니의 손길을 느끼면서 순이는 혼곤하게 가라앉는 기운을 미워하며 거듭 다짐했다.

하지만 순이는 깜박깜박 잠이 들었다. 잠이 들었다간 이내 놀라서 눈을 번쩍 뜨고는 오뚝이같이 일어나 앉으며 눈을 크게 떴다. 절대로 잠이 들면 안 됐다. 제사를 지내고 맛있는 걸 배 터지게 먹어야 했다. 부침개, 과일, 떡, 고기, 탕국…… 생각만 해도 푸짐했다.

양복으로 갈아입은 아버지가 마구간 천장에서 꺼내 온 상다리를 철컥철컥 펴서 세웠다. 할아버지는 한복을 입고 갓을 썼다. 순이는 이 모든 광경을 가느다랗게 실눈을 뜨고 바라보았다. 여자 어른들은 모두 부엌에 있었다. 부엌에서도 부산한 말소리가 뒤섞여 들려왔다. 말소리보다 그릇 부딪는 소리, 음식 냄새가 더 강렬했다. 순이는 등을 꼿꼿이 세워 벽에 착 붙이고 눈자위를 크게 벌렸다.

"철이야, 낯 씻처라!"

"그래, 제사 지내자면 세수해야지!"

할머니와 어머니의 말소리가 연거푸 들렸다.

순이는 정신을 번쩍 차렸다. 철이는 어디 있지? 두리번거렸다. 철이는 보이지 않고, 부엌에서 푸우푸우 하는 소리만 들렸다.

할머니가 수건으로 철이의 얼굴을 문질렀다.

"철이 옷두 갈아입히세유. 헝겊 가방에 들었어유."

어머니가 말했다.

"뭔 누무 우티(옷)까정 갈아입녀? 낯반대기나 씻츠문 됐지."

할머니가 무심하게 대꾸했다.

"장손인데 옷을 갈아입어야지, 디루운 옷을 그냥 입어유? 조상님들이 돌봐 주세야 철이가 잘되지유."

작은어머니가 거들었다.

어머니는 작은어머니의 말이 다 끝나기도 전에 방으로 들어와 헝겊 가방을 내렸다. 옷을 꺼내 갈아입히자 철이는 설빔을 입었을 때처럼 말끔해졌다.

하지만 철이는 순이와 눈이 마주치자 부끄러워하며 손으로 앞섶을 구겼다. 순이는 제 꼴을 내려다보았다. 바지 무릎에는 손톱만 한 구멍이 두 개나 뚫려 있었다. 구멍이 난다고 기지 말라는 게 어머니와 할머니의 당부였지만, 순이는 어디서든 무릎으로 기곤 하였다.

"어머이!"

순이가 울먹이는 소리로 어머니를 불렀다. 어머니는 철이에게 귀엣말로 할아버지 곁에 가 앉으라고 해 놓고 나가는 중이었다. 어머니가 흘깃 돌아보곤 이내 고개를 돌려 부엌으로 나갔다. 순이는 무참해졌다. 철이가 제 곁에 와 바투 붙어 앉아도 느끼지 못했다.

"철이야, 니는 이리 와라!"

할아버지가 철이를 불렀다.

친척 할아버지와 아저씨들이 철이에게 한마디씩 하였다. 장손이라고 어린것이 잠도 안 자며 제사를 보려는 게 기특하기 그지없다고들 했다. 순이는 고개를 숙이고 어른들의 말소리를 들었다.

나두 제사 볼래. 순이는 윗방에 있는 남자 어른들을 흘깃거리며 생각했다. 철이는 움찔거리는 순이의 옷을 놓칠세라 움켜잡고 있었다. 순이는 철이의 손등을 꼬집었다. 철이는 아팠지만 소리 지르지 않고 손만 놓았다.

순이는 느릿느릿 부엌으로 나가 세숫대야를 집어 들었다. 항아리에서 바가지로 물을 펐다. 항아리 물은 반이나 줄어서 아무리 애를 써도 바가지에 물이 조금밖에 담기지 않았다. 어른들 보라고 순이는 항아리 속에 고개를 처박고 발끝을 세웠다. 그러나 아무도 순이를 돌아보지 않았다. 순이는 세숫대야 바닥에 한 손마디만큼 채워진 물로 세수를 했다. 머리카락이 젖을까 고양이 세수를 했어도 볼따구니에서 구정물이 흘렀다.

"순이두 착하네유. 시키지 않아두 세수를 하구."

작은어머니가 말했다.

"누가 지더러 제사 보란다녀?"

어머니가 비웃음을 섞어 대꾸했다.

순이는 속이 상해서 앙! 울고 싶었지만 울면 안 될 것 같아 꾹 참았다. 세수수건이 걸린 기둥을 쳐다보아도 내려 주지 않아 팔소매로 문지른 뒤에 방으로 들어갔다. 철이가 순이를 보고 기쁘게 웃었다. 순이는 팔로 철이를 밀쳤다. 철이는 화를 내지도, 울지도 않았다.

아버지가 촛불을 켜고 향로에 향을 피웠다. 향내가 금방 집 안 가득 퍼졌다. 할아버지가 산에서 해 온 향은 여느 나무와 달랐다. 겉은 검은색이지만 속은 붉고 향기로웠다. 할아버지는 향나무를 쓰기 좋게 토막 쳐서 망태기에 담아 두었다. 동네 사람들이 얻으러 오면 주고, 친척들에게 나눠 주기도 하였다. 제삿날 저녁이면 아버지는 밤을 치고, 할아버지는 향을 불붙기 쉽도록 얇게 저며 썰었다. 저승에서 이승으로 제삿밥을 먹으러 오는 죽은 조상들은 향내를 맡고 집을 찾는다고 하였다.

"향내가 참 좋네유."

작은어머니가 속삭였다.

"자네두 필요하지 않나? 가주가게. 망태기루 그득해!"

어머니가 지겹다는 투로 말했다.

할아버지가 철이를 불렀다. 철이는 순이를 돌아보며 할아버지 곁으로 갔다.

"철이야, 잘 봐 둬. 니가 안죽 어려두 자꾸 보다 보문 트이니라. 할애비 말 알아들언?"

할아버지가 말했다.

110

"예!"

철이가 씩씩하게 대답했다. 어른들이 웃었다.

할아버지가 절을 했다. 아버지와 친척들도 절을 했다. 할아버지가 철이에게도 절을 시켰다. 방 안을 들여다보던 어머니가 철이에게 어서 절을 드리라고 낮은 목소리로 다그쳤다. 철이는 상 앞에 서서 두 손을 이마에 모아 대고 몸을 굽혔다. 엉덩이가 하늘로 치솟았다. 어른들이 한꺼번에 웃었다. 할머니, 어머니, 작은어머니도 기다렸다는 듯이 웃었다. 철이 얼굴이 빨개졌다. 아버지가 어리둥절 일어선 철이를 자기 다리 사이에 세웠다.

"진설하게."

할아버지가 말했다.

아버지가 부엌 쪽을 돌아보았다. 어머니는 벌써 실과를 담은 쟁반을 들고 서 있었다. 작은아버지가 어머니의 쟁반을 받아 들었다.

"철이야, 잘 봐라. 실과는 홍동백서로 놓는 기다."

할아버지가 말했다.

"뭔 소린지 알아듣기나 하나유?"

작은아버지가 연신 쟁반을 나르며 말했다.

"못 알아들어두 알쿼는 줘야지."

"도문에 사는 이씨네두 그 집 할애비가 장손이 기저귀 찰 때버텀 홍동백서를 가르쳤다잖우."

"눈으로 보구 귀루 듣는 게 젤루 좋은 공부지유."

아저씨들이 주고받았다. 순이는 어머니와 작은어머니의 손에서 방으로 들여오는 제수들을 눈이 휘둥그레져서 쳐다보았다.

"형수님이 풍성하게 장만하셨네유."

친척 중에 나이 지긋한 아저씨가 조용조용한 목소리로 말했다.

푸짐한 제수를 바라보며 누구든 그렇게 생각했다. 아직 시절이 여러모로 안정되지 않은 때에 제수를 넉넉히 장만해 차려 내는 게 모두 이 집 맏며느리 수완이라는 건 누구나 알았다. 어떤 이는 부러워하고 어떤 이는 걱정했다. 며느리의 능력이 남의 이목에 드러나거나 돋보이는 게 좋지만은 않았다. 오래된 풍속이나 가정의 모양새가 틀어질 수 있다고 여겼기 때문이다. 친척 아저씨의 칭찬에 할아버지나 아버지가 묵직하게 침묵하는 건 그래서였을 것이다.

"해물이야 때때마둥 작은아가 가주오지유, 뭘."

할머니가 좀 떨어져서도 아저씨의 말을 알아듣고 큰 소리로 말했다. 이번에도 남자들은 들은 내색을 하지 않았다.

제수를 담은 그릇들이 상에 오르는 내내 순이는 쟁반을 따라 움직이다가 결국 아버지에게 혼이 났다.

"야! 여가리(귀퉁이)루 나앉어 있어!"

아버지가 큰 소리로 말했다.

순이는 냉큼 아랫목 벽에 딱정이처럼 붙어 앉아 무릎을 꿇었다. 고개를 숙이고 코를 훌쩍거렸다.

"용코다!"

할머니가 뚱한 순이를 바라보며 작은 소리로 재빨리 말했다. 순이의 입이 쑥 나왔다.

"지까짓 게 잠이나 자지, 절을 할 거나 술을 따를 거나. 그저 먹을 거만 보문 눈이 희번득해서……."

어머니가 중얼거렸다. 마치 순이가 이 자리에 없는 것처럼 흉을 보았다.

"아이구우, 성님두! 그러니 아덜이라지, 달래 아덜이래유."

"자네가 몰러서 그래. 저건 우리 족보에두 없는 기 생긴 거 같애. 하는 거 보문."

어머니가 낙심한 목소리로 말했다.

"아이구우, 성님두……. 아가 들어유."

"들으문 어때서! 내가 못할 말 했너?"

어머니가 말했다. 그러면서도 부엌 문턱에 와서 내다보는 작은아버지에게 하얀 쌀밥을 고봉으로 담은 그릇을 건넸다. 어머니는 왜 이토록 딸이 미운지, 왜 당찮은 욕을 뱉고 싶은지, 한번 욕을 하면 왜 멈출 수가 없는지, 스스로도 가끔 이상했다.

"탕만 들여가면 되지유?"

작은어머니가 어머니에게 물었다.

탕이 담긴 쟁반이 방으로 들어왔다. 이제 제수 차리는 일은 끝났다. 철이는 할아버지 앞에 섰다가 아버지 등 뒤로 갔다가 작은아버지의 팔을 잡기도 하면서 부산을 떨었다. 하지만 아무도 뭐라 하지 않았다.

방문은 활짝 열려 있었다. 방문 바깥으로 넓고 깊은 어둠이 짙어 보였다. 방 안의 잠깐 긴장된 침묵 속에서 제상 앞에 무릎 꿇고 앉은 할아버지가 술잔을 들어 올리자 아버지가 주전자의 술을 따랐다. 어머니가 막걸리에서 뜬 맑은 청주였다.

순이는 침묵과 긴장과 어른들의 조용한 움직임과 부엌 문턱에서 방 안을 바라보는 할머니와 어머니와 작은어머니의 반짝이는 눈동자를 흘깃거리다가 어느 틈에 몸과 마음이 그런 것들에서 멀어지기 시작했다. 할아버지가 사라지고, 아버지가 사라지고, 침묵이 지워지고, 여자 어른들의 내리누른 숨소리가 더 이상 들리지 않았다.

순이의 머리가 한쪽으로 기울다가 이내 제자리로 꼿꼿이 세워지고 조금 후에 다시 툭 쓰러지는 듯하다가 바로잡기를 몇번, 마침내 순이의 몸이 바닥으로 군드러졌다.

"자네 봐. 내가 뭐랜? 저런 게 제사를 봐? 내 손에 장을 지지겠네!"

어머니가 작은어머니에게 속삭였다.

"그리니 아지유, 뭘."

"철인 아가 아이너?"

어머니가 의기양양하게 말했다.

할머니가 팔꿈치로 어머니의 옆구리를 툭 쳤다. 방금 아버지가 이쪽을 향해 도끼눈을 떴기 때문이었다.

망자(亡子)로부터 가까운 순서로 절을 올리고 술을 따랐다. 이제 죽은 할머니의 혼이 제상 앞에 앉아 음식을 먹을 것이었다. 그사이 방문은 닫혔고 어른들은 꿇어앉아서 망자가 음식을 먹도록 고개 숙인 채 기다렸다. 철이가 할아버지 앞에 앉았다.

"니 오늘 여기 오신 분이 누군지 아너?"

할아버지가 철이에게 물었다. 순간 철이가 어머니를 바라보았다. 어머니가 입만 크게 벌려서 말을 그려 주었다.

"증조할머이래유."

철이가 말했다. 할아버지와 어머니의 얼굴에 기쁨이 가득 고였다.

"증조할머이가 누구신지두 니 아너?"

갓을 쓴 친척 아저씨가 물었다.

"할아버지 어머이래유."

철이가 똘똘한 목소리로 대답했다. 할아버지가 철이를 가까이 끌어당겼다.

"고 녀석 똑똑하기두 하네. 당숙이 손을 잘 뒀네유."

친척 아저씨가 말했다.

"잘 두긴 뭘 잘 둬유! 사람이 열 번 되는데, 두구 봐야 알지유."

아버지가 싫지 않은 목소리로 말했다.

머쓱해진 철이가 아버지의 눈길을 피한 채 두리번거리다가 어머니 쪽으로 왔다. 어머니는 벌써 혀를 찬 뒤였다. 하필 이런 날 아들의 기를 죽여 좋을 일이 뭐가 있느냐는 것이었다.

아버지가 전과 생선에 올려놨던 젓가락을 고기와 문어 위로 옮겨 놓았다. 탕에 밥도 세 숟가락 말아서 숟가락을 담가 놓았다. 그런 다음 탕을 내가고 숭늉을 올렸다. 혼령은 숭늉을 마신 뒤 마지막 작별의 절을 받고 저승으로 다시 떠날 것이다.

할아버지가 어머니를 불렀다. 제사 예법은 집안마다 다르고 형편에 맞춰야 한다며 며느리에게 절을 시켰다. 어머니는 술을 올리고 절을 하면서 시할머니께 철이를 잘 자라게 해 달라고 빌었다. 철이가 잘되어야 조상님들께 풍성한 제를 바칠 수 있지 않겠느냐고 간절히 축원했다. 어머니의 절은 누가 봐도 지극하고 정성스러워서 숙연해질 지경이었다.

아직 잠결인 채, 순이는 너무나 익숙하면서도 이상하게 느껴지는 소리를 들었다.

쩝쩝 음식을 씹는 소리, 댕그랑 수저가 그릇에 부딪는 소리, 기침 소리, 말소리, 웅성거림, 잠깐 침묵. 다시 웅성거림, 쩝쩝, 댕그랑, 큰 목소리, 작은 목소리, 그리고 침묵. 또 기침 소리, 웅성거림…….

순이는 아득한 곳에서 점점 가깝게 들려오는 소리들에 정신을 차렸다. 하지만 눈을 뜰 수가 없었다. 눈꺼풀이 자꾸만 까물대면서 간지러울 지경인데도 눈을 뜨지 못했다. 내가 왜서 잤녀? 후회가 되었다. 누가 억지로 재운 게 아닐까, 의심이 됐다. 할아버지가 절을 하고 있었는데, 어떻게 금방 저렇게 맛있는 걸 먹고 있을까? 이해할 수가 없었다. 저 현실이 비현실 같았다.

눈을 뜨지 않아도 방 안이 훤히 보였다. 할아버지들과 아저씨들은 윗방에서 넓은 상을 받고 앉았을 것이고, 아랫방 윗목에는 아버지와 작은아버지가 함께 상을 받고 있을 것이다. 철이는 할아버지 무릎에 앉아서 새 모이 먹듯 할 테고, 할머니와 어머니, 작은어머니는 상을 받지 않은 채 방바닥에 그릇을 놓고 밥을 먹을 것이다.

순이의 눈꺼풀이 가물거렸다. 등도 아프고 발등도 가려웠다. 한 군데가 가렵기 시작하자 허리와 등과 발목, 어깨와 팔뚝이 모두 가려워졌다. 하지만 긁을 수가 없었다. 깨어난 것을 들킬까 봐 안절부절못했다. 그러나 들키지 않으려고 애를 쓰면 쓸수록 순이는 화가 나고 슬퍼지고 한없이 초라해서 부끄러웠다.

"순이 깨워라!"

위쪽에서 말소리가 들렸다. 할아버지였다.

"자는 아를 깨워서 뭘 해유, 얼매나 먹겠다구. 아침에 일어나서 먹으문 되지."

아버지였다.

"그래두 깨워서 뭘 좀 먹이는 기 조워. 식구들 다 먹을 때 지 혼자 빠지문 아라구 안 섭섭하겄너. 아나 어른이나 맘은 다 한

가지네."

다시 할아버지였다.

"저게 절을 했어유, 심부름을 했어유? 뭘 했다구 깨워유? 고샐 못 참구 자뻐져 자는 기……. 저건 지 동상 발꿈치두 못 따러가유. 두구 보세유."

어머니였다.

그리고 잠시 아무도 말하지 않았다. 순이는 숨을 쉴 수 없었다. 발가벗겨지는 기분이었다. 아무리 두 손으로 몸을 가리려 해도 가려지지 않아 죽고 싶어 어쩔 줄 모를 때처럼 참혹했다. 참혹함 때문이었을까. 순이는 저도 모르게 돌아누우며 종아리를 벅벅 긁고 말았다.

"아이구우, 순이가 일어났나 봐유."

작은어머니가 속삭였다.

순이는 이때만큼은 작은어머니가 싫었다. 갑자기 스무 개도 넘는 눈길이 제 등에 와서 달라붙는 걸 느꼈다.

"순이야, 니 일어났너?"

할머니였다.

순이는 말만 하는 할머니를 미워했다. 나쁜 할머니. 할머니하고 놀지 않을래, 속으로 말했다.

"철이야! 니 가서 누야 깨워 봐라!"

할아버지가 철이에게 말했다.

철이가 냉큼 일어나 순이에게로 다가가 순이를 흔들었다.

"누야, 얼릉 일어나! 마수운 기 많어! 일어나!"

철이가 순이의 한쪽 팔을 잡아당기며 말했다.

하지만 잠깐 죽은 듯 숨도 쉬지 않고 침묵하던 순이가 철이를 떼밀었다. 철이가 뒤로 벌렁 나자빠졌다. 그러나 이내 일어나서 다시 순이의 팔을 잡아당겼다.

"할아부지가 일어나래."

철이가 말했다.

이때였다. 어느새 다가온 어머니가 순이의 등짝을 후려갈겼다. 철썩 소리가 방 안에 파문처럼 번졌다. 어른들이 놀란 눈을 크게 떴다. 아버지도 눈을 위로 치켜떴다.

"이런 디루운 성질 머릴 어디서 배원?"

어머니가 한껏 짓눌러서 무거워진 목소리로 속삭였다. 순간 순이의 가슴 깊은 데서 울컥하고 슬픔의 덩어리가 치밀었다. 마치 깊은 개울 속에 혼자 들어가서 어디로 헤엄쳐 나가야 할지 모를 때처럼 무섭고 슬펐다. 등잔불 빛에 방 안이 환하지만 밖은 한밤중이었고, 새벽은 아직 멀리 있었다.

"철이야! 가서 작대기 하나 찾어와라! 오늘 아주 단단히 버릇을 들여 놓게."

아버지가 말했다.

갑자기 순이 몸에서 기운이 모두 빠져나갔다. 아버지가 작대기로 때리면 어떡하나, 눈앞이 캄캄해졌다. 종아리에 멍이 들고 피가 맺히고 울퉁불퉁 부어오르면 걸음도 걷지 못할 것이다.

"아이구우, 형님두! 순이가 멋쩍어서 못 일어나는구만유."

작은아버지가 웃음소리를 섞어 말했다.

작은어머니가 순이를 일으켜 세웠다. 순이 얼굴이 눈물로 척척하게 젖어 있었다.

할머니가 순이를 곁으로 바짝 끌어당겼다. 순이는 제 앞에 놓아 준 탕국이며 밥그릇을 제대로 볼 수 없었다. 눈물이 쉬지 않고 소나기 오듯 흘러내렸다.

"니 같은 건 나가 죽어두 눈 하나 꿈쩍 안 해! 주제꼴두 모르구 어디서 울어?"

어머니가 이를 갈듯 말했다.

작은어머니가 어머니의 손을 살짝 잡았다. 아무리 자식이라도 모진 말을 함부로 한다 싶어 걱정되었다. 하지만 순이를 역성들 수는 없었다. 자식을 안 길러 봐서 자넨 모른다는 말만 들을 게 뻔했다. 그렇게 말하면 작은어머니는 할 말이 없었다.

할머니가 앞치마로 순이의 눈물 콧물을 닦아 주었다. 어머니는 탕국 맛을 칭찬하는 친척 할아버지에게 탕국을 더 떠 주었다. 순이는 탕에 만 국밥은 먹지 않고 절편을 꾹꾹 씹었다. 할머니가 체한다며 자꾸 탕국을 떠먹였다.

어른들은 숭늉을 마시고 상에서 물러나 앉았다. 어머니와 작은어머니가 상을 치우는 동안 남자들은 휴전이 언제까지 갈 것 같으냐, 이승만 대통령 말대로 북진 통일이 이루어지겠느냐,

통일이 된다면 언제쯤 되겠느냐, 미국과 소련이 어디가 더 힘이 세냐…… 그런 이야기들을 나누었다.

"사람이 세상 돌아가는 일을 다 알 수 있너? 알라구 할 필요두 읎네. 사람이 밥을 먹을 때도 속을 다 채우지 않고 모자란 듯 먹어야 몸에 이로운 법이라는데……."

할아버지가 말했다.

아무도 그 뒤를 잇대어 말을 받지 않았다. 그러나 이야기가 아주 그친 것은 아니었다. 몇 숨의 침묵 뒤에 다시 이야기가 시작되었다. 아랫말 살던 빨갱이 김씨 부인과 자식 삼 남매가 하룻밤 사이에 사라졌다더라, 밤중에 인민군이 와서 데려가는 걸 보았다더라, 새벽에 기사문리에서 다리 건너는 걸 누가 보았다더라, 아무래도 이 지방에서는 살기 어려우니 다른 지방으로 갔을 거라는 둥, 임시 군정이 끝나면 민정관이 그대로 군수가 될 것이냐는 둥 떠도는 소문부터 직접 듣거나 본 것, 짐작하는 것들을 이것저것 이야기하였다.

어른들은 짬짬이 담배를 피웠다. 마당가의 변소에도 다녀왔다. 눈을 좀 붙여야 할지 말지, 그런 말도 했지만 아무도 잠자리에 들 생각을 하지 않았다. 결국 손님들은 새벽 으스름 녘에야 자리에서 일어섰다. 모두 어머니가 싸 준 떡과 부침개를 하나씩 들었다. 거동이 불편한 상노인이 있거나 환자가 있는 집에는 쌀밥도 조금씩 쌌다.

손님들이 떠나자마자 할아버지는 싸리 소쿠리를 지게에 얹고 밭으로 갔다. 아버지는 윗방에 자리를 펴고 누웠고, 할머니는 순이와 철이를 양쪽에 눕히고 이불을 덮었다.

아이들이 졸라서 할머니는 이야기를 시작했다. 호랑이가 할머니를 잡아먹는 이야기였다. 이야기가 끝날 때쯤 순이와 철이는 색색 고른 숨을 쉬며 깊이 잠이 들었다. 할머니도 곧 잠에 곯아떨어졌다.

어머니와 작은어머니는 부엌에서 설거지를 하며 쉴 새 없이 이야기를 했다. 어머니는 속에 무슨 나사가 하나 빠진 것 같다는 시어머니 흉, 불뚝 밸이 있어서 인물값도 못한다는 남편 흉을 보고, 자기가 얼마나 돈을 잘 버는지 그런 자랑도 빼놓지 않았다. 무엇보다도 이제 돈이 최고인 세상이 올 테니 두고 보라는 둥, 돈은 그냥 두면 안 되고 새끼를 쳐야 한다는 둥, 돈은 공처럼 굴려야 한다는 둥 이런 이야기를 했다. 그리고 여자는 뭐니 뭐니 해도 아들을 낳아야 기를 편다, 딸은 아무것도 아니다, 우리 신세를 보면 모르냐, 뻔히 낳아 주고 길러 준 부모가 있으면 무얼 하느냐, 친정에 마음 놓고 한 번 가길 하나 제사를 모실 수 있나, 그러니 딸로 태어나는 건 전생에 죄를 져서 그런 거다, 남편이 빨갱이라 이북으로 올라간 누구는 요즘 배가 불렀다고 하더라, 그게 누구 자식이겠느냐…… 이야기가 한순간도 멈추지 않았다.

제사는 여기서 끝난 게 아니었다. 아침에 동네 할머니 둘이 제삿밥을 먹으러 왔다. 순이와 철이는 접시에 담긴 제사 음식을 들고 다섯 집을 돌아다녔다. 집에는 제사 음식이 거의 남지 않았다. 늦은 아침에 떠나는 작은어머니 가방에도 사돈 할머니의 몫을 쌌다.

어머니는 따로 작은어머니에게 선물을 했다. 함께 가게로 가서 숨겨 두듯 깊이 간직했던 빨랫비누와 세숫비누, 그리고 콩기름 한 병을 주었다. 작은아버지에게는 검은색 물감을 들인 군복 바지를 만들어 주었다. 작은어머니와 작은아버지는 어머니에게 고맙다고 여러 번 인사했다. 작은아버지는 형수님이 우리 집안에 들어와서 살림이 폈다고 말하며 고개를 숙였다. 어려운 일이 있어도 굳게 참고 견디라고 말했다.

어머니는 눈시울이 붉어졌다. 시동생의 그 말 속에 담긴 뜻이 무엇인지 어머니는 다 알았다. 어머니가 처음 시집와서 채 한 달도 지나지 않아 아버지에게 매를 맞았는데, 작은아버지는 그걸 기억하고 있었다.

며느리 둘이 제사 뒷설거지를 모두 해 놓고 떠났지만 할머니가 따로 손봐야 할 일이 많았다. 할머니는 며느리들이 찬찬치 못한 것을 연신 구시렁거리며 욕하고 이것저것 다시 정리했다.

한나절이 지나자 집 안은 고요해졌다. 언제 사람들이 법석거리며 음식 냄새가 진동했는지, 언제 순이와 철이가 생쥐처럼 부엌을 들락거린 적이 있었는지, 모두 거짓말 같았다.

순이는 댓돌에 앉아서 낫을 들고 혼자 밭으로 가는 할머니를 물끄러미 바라보았다. 할머니는 같이 가면 메뚜기를 잡아 준다, 잠자리를 잡아 준다 꾀었지만 순이는 들은 척도 하지 않았다. 순이의 마음은 영이에게 가 있었다. 바지 주머니에 넣어 둔 인절미 한 토막과 절편 한 조각을 자꾸 확인하면서 영이를 생각했다.

하지만 몸이 무거워 좀체 일어서지지 않았다. 결국 끄덕끄덕 졸다가 방으로 기어 들어가 문턱에 군드러졌다. 저녁 무렵, 할머니가 팥 단을 머리가 빠지도록 산더미처럼 이고 돌아왔을 때도 일어나지 못했다. 할머니가 마당으로 들어서면서 순이를 여러 번 불렀지만 깨어나지 않았다. 어쩌면 어제 하루 사이에 순이는, 어른들은 알 수 없고 상상도 못할 아주 큰 산 하나를 넘고 개울을 건넜는지도 모른다.

9

순이는 영이네 마당으로 들어서지 않고 내처 성당으로 올라갔다. 성당 동편에서 아득하게 노랫소리가 들려오고 있었다. 동무들아 나오너라…… 어여쁜 꽃들이 빵끗이 웃는다아…… 동무들아 나오너라아.

순이는 새처럼 소리 없이 메마른 흙마당을 걸어 학교가 내려다보이는 마당 끝에 섰다. 운동장엔 눈이 부시게 하얀 가을

볕이 가득했다. 어느 결에 아이들 노랫소리는 잦아들고, 풍금소리가 밀리는 듯 쓸리는 듯 들려왔다.

순이는 저도 모르게 맨바닥에 엉덩이를 대고 앉았다. 등을 납작하게 구부리고 허벅지에 올린 왼손으로 턱을 괸 채 무심히 아래를 내려다보았다. 잠자리가 보랏빛 꽃을 피운 싸리나무 가지에 앉으려다 말고 앉으려다 말고 하였다. 이파리 끝이 오그라들고 푸른빛이 누렇게 바랜 쑥대 위에도 잠자리가 앉으려다 말곤 하였다.

순이는 물끄러미 잠자리를 바라보았다. 잠자리는 어디서 살고 어디서 자고 어디에서 왔는지, 잠자리가 지금 싸리나무와 쑥대와 이야기를 하는 건지, 쑥은 왜 깊은 가을이면 메말라 죽었다가 봄이면 다시 태어나는지, 겨우내 죽어서는 어디로 가는지……. 순이가 이런 생각에 잠겨 있는 동안 벌과 나비도 나타났다.

쟤네들은 다 어디서 사나?

순이는 무척 궁금했다. 죄를 짓지 않으면 쟤네들도 모두 천당에 갈까? 쟤네들이 사는 것과 사람이 사는 것은 같을까, 다를까? 쟤네들도 먹고 잠을 잔다는데…….

학교에서 종소리가 울렸다. 교실에서 아이들이 지르는 함성이 성당 쪽으로 연기처럼 올라왔다. 동편 끝에서 아이들이 떼거리로 쏟아져 운동장으로 나왔다.

순이는 내년에 학교에 들어간다. 어머니가 그랬다. 순이보다 한 살 많은 영이도 생일이 늦어 내년에 들어간다.

순이는 벌써 교실 바닥에 산다는 달걀귀신을 알고 있었다. 학교에는 이런 귀신 말고도 무서운 게 많았다. 폭격에 부서지다 만 동쪽 건물에서는 비 오는 날이면 아기 울음소리가 난다고 했다. 어미 구렁이가 아기 울음소리로 우는 거라고 했다. 건물 지붕 속에서 살던 백 년 묵은 구렁이가 폭격에 맞아 죽었기 때문인데, 그래서 학교 운동회 때나 소풍날이면 비가 내린다고 했다. 구렁이가 억울하고 분해서 원수를 갚아 달라고 우는 거라고 했다. 아이들은 대부분 그 이야기를 의심하지 않았고 그렇게 믿었다.

순이는 학교가 신기했다. 저곳에서 무슨 일이 일어나는지 궁금하면서도 겁이 났다. 학교엔 꼭 가야 하나? 가지 않으면 어떻게 될까? 순이는 턱을 괸 팔에서 쥐가 나도록 생각하고 또 생각했다.

"수우니이!"

뒤에서 아주 낮은 목소리가 들렸다. 순이는 듣지 못했다.

"수우니이!"

등 뒤에서 다시 말소리가 들렸다. 한 번도 들어 본 적 없는 목소리에다 발음도 이상했다. 의아한 기분으로 고개를 돌렸다. 순이의 눈길이 새카만 치마 벽에 가려졌다. 순이는 덜컥 겁이 나서 도망가야겠다고 생각했다. 그런데 몸이 일으켜지지 않았다.

"혼자 있니?"

순이는 말하는 사람이 신부님이라는 걸 알았다. 수녀님도 발등까지 덮이는 검정 치마를 입지만, 수녀님은 검정 구두를 신지 않는다.

순이는 엉덩이를 뒤로 밀었다. 조금씩 뒤로 밀려나고 있었다. 신부님이 순이 앞에 쪼그리고 앉았다. 검은 치마가 흙을 푹 덮었다. 순이는 움직이지 못했다.

"영이 없어?"

신부님이 물었다.

아, 순이는 속으로 비명을 질렀다. 영이가 있어야 한다고 생각했다. 부엌에서 닭다리와 빵을 훔쳐 먹은 건 영이 때문이라고 말해야 했다.

"수우니이는 어디에 사니?"

신부님이 물었다. 순이는 울상이 되었다.

"저어짝 아래유."

순이는 떨리는 목소리로 기어들어 가듯 말했다.

신부님이 두 손을 펴서 순이 얼굴 앞에 내밀었다. 하얀 손바닥이 커다란 접시 같았다. 순이는 움켜쥔 제 손을 등 뒤로 감췄다. 신부님은 자기 손을 끌어당겼다가 다시 쫙 펴 보였다. 순이는 울 것 같은 얼굴로 접시처럼 하얀 신부님의 손바닥을 들여다보았다. 그러고는 자신의 손바닥을 펴서 한 손은 그대로 둔 채 다른 손은 엄지만 펴고 나머지 손가락은 접어서 여섯을 나타냈다. 신부님의 웃음소리가 들렸다.

"요숏 샬!"

신부님이 아주 큰 소리로 말했다.

순이는 신부님의 웃음소리를 듣고 나서야 신부님을 쳐다보았다. 웃을 때 하얀 이가 보이고, 콧날은 우뚝하고, 얼굴엔 하얗고 노란 털이 숭숭하고, 눈은 새파랬다.

"요숏 샬!"

신부님이 다시 순이처럼 손을 만들어 보이며 소리쳤다. 순이는 고개를 끄덕이면서 코를 훌쩍 들이마시고 손등으로는 코를 문질렀다.

"이거 조와?"

신부님이 옷 옆구리에서 무엇을 꺼내 보였다. 파란 종이에 싸인 껌이었다. 순이는 대번에 알아보았다. 영이가 가진 껌도 그런 종이에 싸여 있었다. 순이의 가슴이 콩닥콩닥 뛰기 시작했다.

"가져!"

신부님이 말했다.

순이의 지저분한 손이 두려운 듯 신부님의 하얀 접시 손바닥에 놓인 껌을 집어 들었다. 그러고는 이내 아주 깊은 침묵에 잠겼다. 파란 껍질에 싸인 껌 속으로 순이의 마음이 달음질쳐 사라졌던 것이다.

신부님이 일어섰다. 그러고는 말없이 앞으로 걸어갔다. 순이는 사방이 아궁이처럼 뜨겁고 환해지는 느낌이었다. 신부님이 문을 열고 신부님 집으로 들어가는 모습을 지켜보는 동안 시간이 어떻게 갔는지, 여기가 어딘지, 순이는 모든 것을 잊었다.

순이는 껌을 가슴에 꼭 품었다가 손에 움켜쥐고 그 손을 주머니에 다시 감췄다. 그리고 환한 세상 속으로 달려가기 시작했다. 가파른 언덕길을 단숨에 달려 내려가서 텅 빈 찻길을 건너고 장거리로 난 길을 내처 달렸다. 숨이 턱에 닿아 자빠질 것 같아도 멈추지 않았다. 마치 깊은 물속을 헤쳐 나가듯 순이에게는 아무것도 익숙하지 않았다. 늘 보던 집들, 상점들, 사람들, 길가의 호박 덩굴, 박 덩굴, 텃밭, 돌무더기, 버드나무, 미루나무 들이 모두 처음 보는 것 같았다.

순이는 가게 앞에 와서 곤두박이듯 멈췄다. 숨이 차서 가슴이 뻐근했다. '군복 수선'이라고 쓰인 유리 문짝은 닫혀 있었다.

잠깐 숨을 돌린 뒤, 순이는 가게 유리문에 달라붙었다. 유리문은 나무 문 위쪽에만 유리를 끼우고 거기에 종이로 군복 수선이라는 글자를 써 붙인 거였다. 순이는 발끝으로 섰다. 순이는 손으로 빛을 가리고 유리문 안을 들여다보았다. 순이의 콧김이 서려 유리가 뿌옇게 흐려졌다.

문짝이 드르륵 열렸다. 순이는 뒤로 나자빠질 뻔했다.

"도둑질할란?"

어머니였다.

어머니가 눈을 부라리고 악을 썼다. 순이는 뒤로 비칠비칠 물러서며 아무 말도 못했다. 주머니에 든 껌마저 잊었다.

어머니는 유리에 어른거리는 게 처음엔 순이인가, 했었다. 하지만 순이라면 문을 열고 들어왔을 것이다. 어머니는 순간 섬뜩해져서 일손도 멈췄다. 요즘 피난 나왔다 돌아가지 못한 이북 사람들, 그리고 산을 타고 북으로 올라가던 빨치산들이 내려와 패악을 친다는 말이 돌았다. 벌건 대낮에, 그것도 사람들이 자주 지나다니는 가게로 그런 사람이 나타날 리는 없지만 그래도 나쁜 상상이 됐다. 그런데 어른대는 얼굴이 순이라는 걸 알자, 지겨운 마음이 울컥 솟았다. 저건 원수다. 원수가 아니라면 하는 행동 하나하나가 저럴 수는 없다. 어머니는 순이가 물건이라면 당장 무르고 싶었다. 무르지 못하고 버릴 수도 없어서 원수였다.

어머니는 순이의 머리채를 휘어잡아 가게 안으로 끌어들이고 문을 빈틈없이 닫았다. 어머니는 순이의 등짝을 후려갈기기 시작했다. 무얼 훔쳐 가려고 들여다보았느냐고, 자기가 생각해도 말도 안 되는 억지를 써 가며 순이를 때리고 욕했다. 그렇게 사람 꼴이 안 되려면 차라리 일찍 나가 죽으라는 말도 했다. 순이가 훌쩍거리며 울었다. 울음소리가 점점 처량해졌다. 어머니는 그 처량한 울음소리가 더 싫었다.

철이가 잠에서 깨어나 누나 뒤에 가 서서 울지 말라고 울먹이며 말했다.

"동상만두 못한 기!"

어머니가 철이를 두고 중얼거렸다. 하던 일을 계속하려고 재봉틀 의자에 앉았지만 마음이 어수선해서 손이 움직이지 않았다.

어머니는 한숨을 쉬었다. 일에 파묻히고 싶은데 일손이 잡히지 않았다. 이마에 피도 마르지 않은 딸이 애간장을 녹이듯 처량하게 우는 것이 마음에 걸렸다.

어머니는 재봉틀에 걸린 일감을 하릴없이 매만지다가 벌떡 일어섰다. 순이를 부엌으로 데려가 세숫대야에 물을 떠서 얼굴을 씻겼다. 내가 널 미워하는 줄 아너? 난 니가 안 미워! 니가 괄시받지 않고 살기를 바라는 거여. 어머니는 순이 얼굴을 씻기며 속으로 말했다. 사람이 욕먹었다고 못 크는 건 아니여. 어머이두 외할머니한테 매두 맞고 욕두 먹구 그랬어. 싫어서 욕하구 때리는 건 아니여. 어머니는 속으로 말하면서 수건으로 얼굴을 닦아 주고 미리 만들어 둔 새 바지로 갈아입히고 형겊 자투리로 만든 가방도 주었다.

"여기다가 사금파리덜 넣구 댕겨!"

어머니가 말했다.

어머니는 선반에 올려놓은 깡통에서 사탕을 꺼내 순이와 철이에게 하나씩 주었다. 순이는 사탕을 입에 넣었다. 볼 한쪽이 불룩 튀어나왔다. 하지만 순이의 얼굴에는 표정이 없었다. 순이의 마음 한구석에 깊은 슬픔의 웅덩이가 하나 더 생긴 것을 어머니는 물론 순이 자신도 알지 못했다.

입에 문 사탕이 절반도 녹기 전에 순이는 졸려서 방구석에 군드러지더니 금세 쿨쿨 잠이 들었다. 순이가 잠자는 놀이를 하는 줄 알았던 철이는 누나 콧구멍에 새끼손가락을 집어넣고 흔들어도 보았지만 순이는 깨어나지 않았다.

재봉을 하던 어머니가 흘깃 순이를 바라보았다. 까맣게 잊고 있던 어떤 모습이 어렴풋이 떠올랐다. 아버지나 어머니에게 혼이 쏙 나가도록 야단을 맞은 뒤면 언제나 세상모르게 잠을 잤다던 아이. 내가 순이 같았던가? 어머니는 기억하고 싶지 않았다. 어머니는 앞날만 생각하고 싶었다. 아직 살지 않은 세상, 아직 살아 보지 못한 인생을 상상하고 싶었다. 열심히 일하는 것도 모두 그날을 위해서였다.

그러나 어머니가 앞으로 살아가야 할 세상에는 순이가 없었다. 열일곱 이후, 자신을 낳아 주고 길러 준 부모와 자매들이 어머니의 인생에서 없어졌듯이, 자신의 세상에 열일곱 살 이전은 존재하지 않듯이, 순이는 어머니의 희망과는 상관이 없었다. 순이는 '남'이었다.

순이를 깨우려고 여러 가지로 애를 써 보던 철이가 순이 곁에 바투 누웠다.

어머니는 철이가 신기했다. 뭐가 그리 좋을까, 싶었다.

"철이야!"

혼자서는 상상이 안 되어 철이를 불렀다.

"예?"

철이가 냉큼 대답했다.

"누야가 좋너?"

"예!"

"코풀레기 말썽꾸러기가 뭐이 조워!"

"그래두 조워!"

"시집가문 같이 못 사는데두?"

"안 가문 되지!"

"시집이 뭔 줄 아너?"

"몰러유."

철이가 땀박땀박 대답했다.

어머니는 소리 내어 웃었다. 철이가 있다는 것이 마음으로부터 확인이 될 때가 있었다. 그러면 만 가지 시름이 걷혔다. 철이는 순이와 달리 어머니가 다시 살 수 있는 세상이고, 살고 싶은 인생이었다.

순이는 밖이 캄캄해진 뒤에 깨어났다. 물론 할머니가 와서 순이 이름을 크게 부른 탓도 있었다.

"이 지즈바가 지약은 먹구 잤너?"

할머니가 부스스 일어나 앉는 순이를 보면서 어머니에게 물었다.

"저녁은유. 때두 안 돼서버텀 자빠져 잤는데유."

어머니가 대답했다.

"그럼 굶겠너?"

"뭘 굶게유. 지가 잤지!"

"그럼 어멈두 상과(아직) 안 먹언?"

"밥 먹을 짬이나 있어유?"

"어멈은 굶을라고 일하너?"

할머니가 말했다.

그 말에 어머니의 눈초리가 날카로워졌다. 어머니는 싸늘하고 비웃는 눈길로 할머니를 쏘아보았다.

"나가서 땅을 한 길 파 봐유. 돈 나오너. 우리가 이만큼 살게 된 기……."

어머니는 당신 자랑을 하려다 그만두었다.

눈을 비비고 한동안 어른들의 입씨름을 이리저리 살피던 순이가 엉금엉금 기어서 할머니 등에 붙었다. 꼭 봄볕에 졸린 강아지 같았다. 할머니가 팔을 뻗어 순이를 바짝 잡아당겼다.

"가자!"

할머니가 팔을 뒤로 돌려 순이의 몸을 거뒀다. 순이는 저도 모르게 어머니 눈치를 살피면서 할머니 등에 업혔다. 할머니 등은 따뜻했지만, 어머니한테서 멀어지는 것 같아 기쁘지만은 않았다.

할머니는 가게 문을 열고 나오면서 어머니에게 간다는 말도 하지 않았다. 어머니도 일감에서 눈을 떼지 않았다.

밤공기가 서늘했다. 가게와 집들에서 흘러나온 등잔불 빛은

길까지 비추지 않았다. 하늘에는 눈썹 같은 달이 떴고 별은 흩뿌린 쌀알처럼 하얗게 고물거리고 있었다. 장거리에서 윗마을로 올라가는 찻길에 소가 수레를 끌고 지나갔다.

할머니는 소 엉덩이에서 툭 떨어지는 똥을 피해 길을 건넜다.

"할머이가 보구 싶언?"

할머니가 몸을 이리저리 기울이며 둥개둥개, 하다가 불쑥 물었다. 순이가 얼굴을 할머니 등에 딱 붙이고는 뺨을 문질렀다.

"니 시방 할머이 우티에다가 디루운 코를 다 닦너?"

할머니가 싫지 않은 목소리로 물었다. 순이가 히히 웃었다. 할머니는 다시 둥개둥개 하며 걸었다. 순이는 정말 자기 몸이 할머니 등에서 훌쩍 날아오르는 것 같았다. 제 몸이 둥실둥실 뜨는 느낌에 잠기던 순이가 문득 까맣게 잊고 있던 것을 떠올렸다.

"할머이!"

"왜서?"

"할머이두 끔 씹을 줄 아너?"

"끔? 여시가 줬너?"

순이는 대답하지 않았다.

"어멈이 줬너?"

할머니가 물었다.

순이는 대답할 수 없었다. 신부님이라고 말하기가 왠지 두려웠다.

"양갈보덜이 가주온 거여!"

할머니가 더러운 걸 말할 때처럼 말했다.

순이는 양갈보를 잘 몰랐지만 그게 좋은 말이라고 생각되지는 않았다. 하지만 상관없었다. 할머니도 더 이상 껌에는 신경쓰지 않았다. 며느리가 으스대며 가져오는 미제 물건이라는 것들이 대부분 양갈보의 손에서 나온 것이라는 사실을 알고 있었다. 할머니는 양갈보가 술집 색시나 기생보다 못한 여자라고 업신여겼다.

집에 와서 순이는 물에 밥을 말아 조금 먹고는 바로 껌을 꺼내 씹었다. 단물을 급히 우려먹고 벽에 붙였다. 잠이 들기 전까지 순이는 신부님을 생각했다. 신부님 얼굴이 잘 떠오르지 않았다. 하지만 순이는 그 얼굴이 언뜻 본 예수님이나 천주님 얼굴과 똑같다고 상상했다. 심지어 머리카락 색깔까지 노랗다가 까맣다가 하였다.

이튿날 순이는 껌을 씹으며 성당으로 올라갔다. 성당에 가서는 영이네 집보다 먼저 신부님의 관사 창문에 매달렸다. 가을이 깊어질 때까지 신부님을 다시 보지는 못했지만, 순이는 신부님의 창가에서 발뒤꿈치를 높이 세우길 그치지 않았다.

10

순이는 하릴없이 올리고 받던 공깃돌을 모두 땅바닥에 내려
놓았다. 아무 데도 못 가고 할머니가 돌아올 때까지 마당에서
새를 보는 게 벌써 나흘째였다. 할머니는 지겨워서 달아나려
는 순이에게 오늘이 마지막이라고 말했다. 오늘만 볕에 말리
면 들기름을 짤 수 있다고 하였다.

순이는 하품을 늘어지게 하고는 양손 손가락을 모두 펴서
머리카락 사이에 집어넣고 벅벅 긁었다. 햇볕에 달궈진 검은
머리카락이 따뜻했다. 손톱은 머리의 때가 아니어도 이미 흙
과 먼지가 박혀 새카맸다. 순이는 낡은 거적 두 장에 널린 들깨
쪽으로 길게 눈길을 폈다. 언제 왔는지 소리도 없이 내려앉은
참새 한 마리가 거적 끝에서 작은 머리통을 연신 고누며 들깨
를 쪼아먹고 있었다.

"아누무 새새끼야!"

순이가 한쪽 발을 구르며 소리쳤다. 새는 듣지 못했다. 순이
는 다시 한 번 발을 구르다가 그쪽으로 달려갔다. 그제야 새가
푸르르 날아올랐다. 순이는 새를 향해 들어 올렸던 팔을 내리
지 않고 새가 가는 방향을 쫓았다. 새는 이파리 끝이 검붉게 물
들기 시작한 천도복숭아 가지에 앉았다가 다시 날아갔다. 참
새는 순이에게 보이지 않는 감나무 가지에 앉았다.

"또 오기만 해 봐라!"

순이는 새가 듣기라도 하는 듯이 중얼거리고 댓돌에 걸터앉았다. 댓돌이 아랫목보다 더 따뜻했다.

순이는 다리를 흔들며 세상에서 제일 싫은 게 새를 쫓는 일이라고 생각했다. 그래도 오늘만 참으면 코고무신을 신을 수 있을 것이다. 순이는 버선코처럼 앞이 날렵하게 올라간 코고무신을 머릿속에 그렸다. 어른들이 신는 코고무신은 하얗지만 아이들이 신는 건 분홍색도 있고 파란색도 있었다. 파랗거나 분홍인 바탕에 예쁜 꽃이 그려져 있었다.

그런데 어머니는 설날에도 코고무신을 사 주지 않았다. 언제나 발끝이 뭉툭한 고무신을 사 주었다. 껑충 뛰면 하늘로 둥그렇게 펴지는 치마에 코고무신을 신는 게 순이의 소원이었다.

순이는 할머니가 시킨 대로 들깨를 뒤적였다. 들깨는 어제보다 더 말라서 가볍게 밀리며 사락사락 소리를 냈다. 들깨가 바짝 마르면 들기름이 맛있어서 값을 잘 받고, 그러면 코고무신도 살 수 있을 거였다.

순이는 문득 일어서서 발끝을 내려다보았다. 그림자가 발에 밟혔다. 하늘을 올려다보았다. 해가 한가운데 왔는지 알아보고 싶었다. 그러나 그런 건 몰라도 되었다. 그림자가 발에 밟히기 때문이었다.

"니 그림자가 코딱지만 해지문 밥 먹어! 알언?"

할머니는 이 말을 몇 번이나 하고서야 밥을 넣은 소쿠리를 이고 밭으로 갔다.

그러나 순이는 할머니가 말해 준 밥때를 지키지 않았다. 심심해지면 몸을 뒤틀다가 부엌으로 들어가, 무거운 무쇠 뚜껑을 밀치고 밥그릇에 손가락을 꾹 눌러 밥을 찍어 먹었다. 입안에 밥을 조금 넣고 오래오래 씹으면 달디단 물죽이 가득 고였다. 그렇게 해서 밥그릇이 반이나 줄었다.

순이는 심심하면 들깨도 씹었다. 새나 쥐보다 순이가 씹어 먹은 게 더 많았지만, 딱 첫날 하루뿐이었다. 처음엔 너무도 고소하고 입안이 느끼해서 반했다. 이에서 아득아득 톡톡 씹히는 소리도 재미있었다. 하지만 입안에 비린내가 감돌고 텁텁하고 느글거려서 곧 싫증이 났다. 날들깨는 이날 이후로 다시는 입에 대지 않았다.

순이는 빈 헝겊 주머니에 공깃돌을 집어넣고, 이제 다른 주머니에서 사금파리들을 꺼냈다. 주머니를 거꾸로 들고 한꺼번에 쏟은 바람에 사금파리 두 개가 반 토막으로 깨지고 하나는 금이 갔다. 순이는 그릇 세 개를 버리고 댓돌에 살림을 차렸다. 새가 거적 위로 돌아다니며 들깨를 쪼아 먹어도 몰랐다. 생쥐가 뜰방의 작은 구멍에서 나와 까만 눈을 반들거리며 살피다가 거적으로 달려와 입을 오물거렸다.

순이는 흙에 침을 뱉어서 콩알 같은 떡을 만들어 그릇 두 개를 채웠다. 생선을 담고 김치를 만들고 싶어서 일어나는데 바로 뒤에서 새 여러 마리가 푸르르푸르르 날아올랐다. 순이는 눈을 부라렸다. 발을 구르고 활개를 치며 새를 겁주었다. 쥐도

덩달아 도망갔다.

이때 순이 뒤에서 헛기침 소리가 났다. 순이는 놀라며 뒤를 돌아보았다. 머리가 하얗게 센 할머니와 할머니 손을 잡은 여자아이가 서 있었다. 순이는 슬며시 일어섰다.

"혼저서 새 보너?"

할머니가 물었다. 순이는 애매하게 웃으며 "예!" 씩씩하게 대답하고는 할머니와 여자아이를 바라보았다. 할머니는 아주 낯이 설진 않았지만 여자아이는 처음 보는 얼굴이었다.

"할머이 안 기시너?"

"밭에 갔어유."

"니 혼자 집 보너?"

"예!"

"니 몇 살이나 먹언?"

"여섯 살이래유."

"아이구야, 니가 우리 분이랑 동갭이네. 닌 뭐라구 불른?"

"순이래유."

순이가 대답했다.

"분이야, 야가 순이란다. 순이랑 같이 놀문 되겠다. 니두 우리 분이랑 동무 안 할라너?"

"동무 할래유."

순이가 냉큼 대답했다.

할머니 얼굴에 기쁨이 어렸다. 그러나 분이는 얼떨떨한 표

140

정이었다. 할머니가 분이를 순이 쪽으로 등 떠밀었다. 분이가 고개를 숙인 채 순이 앞으로 한 발 다가섰다. 순이가 분이를 보고 웃었다. 심심해서 어쩔 줄 모르던 참인데 분이가 나타나서 순이는 정신없이 반가웠다.

"나랑 놀어!"

순이가 말하며 손을 내밀었다.

분이는 할머니를 돌아보았다. 할머니가 분이 손을 잡아서 순이의 손을 맞잡아 주었다.

"순이야! 우리 분이랑 의좋게 놀어, 웅? 분이야, 여기서 순이랑 놀구 있어. 할미가 날래 댕게올 테니."

할머니가 분이의 등을 토닥거리며 말했다. 분이가 고개를 숙였다.

분이 할머니는 순이와 분이에게 사이좋게 놀라고 한 번 더 당부한 뒤 장거리로 나갔다. 순이는 분이를 댓돌 앞으로 데려갔다. 댓돌 위에는 흙떡이 말라붙은 사금파리 그릇과 빈 그릇들이 너저분하게 널려 있었다. 분이의 눈길이 사금파리에서 반짝 부딪쳤다.

"넌 뭘 놀래? 뭘 하구 싶너?"

순이가 들뜬 목소리로 물었다.

분이는 살며시 웃음을 머금고 댓돌 앞에 쪼그려 앉았다. 사금파리 하나를 집어 들고 미안한 얼굴로 순이를 쳐다보았다.

"그래! 살림 살자!"

순이는 흥분해서 잠시도 가만있지를 못하는데, 분이의 작은 입술은 움직이지 않았다.

순이는 살림을 시작했다. 들깨를 쪼러 오는 새 따위는 까맣게 잊었다. 순이는 나무도 해 오고 고추 방아도 찧었다. 고추 방아는 변소 옆에 놓아둔 반쪽짜리 벽돌에서 빻으면 됐다.

순이는 뜰방에 책상다리를 하고 앉아서 담배 피우는 시늉을 했다. 그때, 순이는 새들이 날아와 들깨를 쪼아 먹는 것을 알아차렸다. 훠이! 순이는 활개 치며 새를 쫓았다. 새는 순이가 가까이 달려가며 소리를 쳐야 비로소 후루룩 달아났다. 하지만 멀리 가지 않았다. 천도복숭아와 감나무, 고욤나무 가지에 앉아서 순이가 한눈팔기를 기다렸다.

분이는 김치와 나물과 떡과 밥을 차려 댓돌에 올려놓았다. 순이가 밥상을 뜰방에 올려놓으라고 말하자 분이는 그렇게 했다. 둘은 마주 앉아 냠냠 쩝쩝 훌쩍 소리를 내며 골고루 먹는 시늉을 했다. 그러는 사이에 순이는 분이가 어디 사는지 알게 됐다. 분이는 성당 공터 오른편, 성안말로 이어진 산비탈에 살았다. 거기에 텃밭을 사방에 둔 작은 집이 있었다. 분이에게는 아픈 어머니가 있고, 아버지는 없다고 했다. 그리고 분이는 고아원에서 왔다고 하였다.

"고아원이 좋너?"

순이가 물었다.

"어른들이랑 언니 오빠덜이 막 때래."

142

분이가 조용히 말했다. 순이가 눈을 크게 뜨고 분이를 바라보았다.

"아프게?"

순이가 물었다. 분이가 고개를 끄덕였다.

"우리 아부지두 때래. 다리에 멍덩구리가 퍼렇게 들어. 얼매나 아프다구."

순이가 제 종아리를 가리키며 말했다. 분이가 슬픈 표정으로 순이를 바라보았다.

분이 할머니가 손잡이 한 군데가 떨어져 나간 양은 쟁개비에 두부와 비지를 담아 들고 돌아왔다.

"재밌게 놀언?"

분이 할머니가 아이들에게 물었다.

둘이 한꺼번에 예, 대답했다. 할머니가 투명한 설탕가루 알갱이가 붙은 사탕 하나를 입에 넣고 반으로 쪼개서 순이와 분이에게 나눠 주었다. 순이는 기뻐서 입이 벌어졌다.

"순이야! 니두 놀러 와, 응? 우리 분이가 혼저래서 늘 심심해하니 놀러 와, 어여."

"예!"

순이가 입가에 설탕 침을 흘리며 대답했다.

분이는 할머니 손을 잡고 걸어가다가 두 번이나 돌아봤지만, 목이 말라 부엌으로 들어간 순이는 보이지 않았다.

해가 설핏 기울자 바람결이 써늘해졌다.

할머니는 날듯이 걸어왔다. 소쿠리에는 고추가 가득 담겼고 군인들이 쓰던 스텐 그릇에는 아직 죽지 않은 메뚜기들이 와그륵거렸다.

"아이구야, 우리 순이 시집가두 되겠네! 니가 이걸 다 담어 놨녀?"

할머니는 순이가 깨를 자루에 담아 놓은 것을 보고 감탄했다. 순이는 할머니에게 분이 이야기를 했다. 할머니는 분이가 누구냐고 묻다가 마당에 마구 흩어진 들깨 알갱이를 보고는 눈을 흘겼다. 왜 시키지도 않은 짓을 했냐고, 괜히 성가시게 해 놨다고 야단을 쳤다. 순이는 금방 시무룩해졌다.

할머니가 분이 이야기를 물은 건 뜸이 드는 밥솥에 호박잎을 찔 때였다. 순이는 할머니가 잡아 온 메뚜기를 오독오독 먹느라 정신이 없었다.

"순이야, 니 그누무 간나가 누구라구 그랜?"

"분이!"

순이는 할머니를 쳐다보지도 않고 그것도 모르냐, 또 잊었느냐는 듯이 큰 소리로 대답했다. 순간 할머니가 일손을 놓고 순이를 빤히 바라보았다.

"천주당 가는 여가리(옆)에 사는 그 분이 말인?"

할머니가 눈을 둥그렇게 뜨고 물었다.

순이는 할머니의 기색이 달라져서 말을 못하고 쳐다보기만 했다. 메뚜기도 이제 물려서 그릇을 밀쳐 놓았다.

"니, 앞으룬 그 간나랑 놀지 말어! 큰일 난다, 알언?"

할머니가 순이 앞으로 와서 얼굴을 바짝 대고 말했다. 순이는 어안이 벙벙했다.

"그 간나는 빨개이여."

할머니가 나직이 말했다.

할아버지가 오고, 저녁밥을 먹는 어두운 등잔불 아래서 다시 분이 이야기가 나왔다. 할머니는 아무것도 모르는 할아버지에게 분이 할머니가 와서 순이를 꼬였다는 말부터 시작해 그 집이 뭘 바라고 여기에 왔느냐는 말까지 하였다.

"그 아가 뭔 죄가 있너!"

아무 말도 하지 않던 할아버지가 잠깐 무거운 침묵을 뚫고 말했다.

"그래두 순이가 같이 놀문 돼유? 아범이나 어멈이 알어 봐유. 순이가 얼매나 뚜들게 맞겠다구유."

할머니가 말했다. 할아버지가 할머니를 힐끔 쳐다보고는 혀를 찼다.

"아덜이 뭔 죄여! 왜서 못 놀게 해? 어찌라구!"

할아버지는 옆으로 길게 찢어진 눈으로 할머니를 노려보며 툭툭 쏘았다.

"시방 휴전이 된 데다가 여기가 번연히 남쪽 땅이구만, 뭘 어찌라구 안죽까정 빨개이 타령이너? 그래서 시방 누굴 덕 뵈겠다구!"

할아버지는 노여움을 감추지 않았다. 할머니는 할아버지의 예사롭지 않은 기색에 겁을 먹고 등 뒤에 와서 빈대처럼 붙는 순이를 앞으로 끌어당겨 무릎에 앉혔다.

"하여간에 예펜네 소가지라군."

할아버지가 책상다리한 무릎을 들썩여서 할머니를 외면했다.

얼마 지나지 않아 할아버지가 변소에 가자, 할머니는 그 틈을 타서 잽싸게 순이에게 말했다.

"느 아범이 누굴 닮언지 안?"

순이는 화가 난 할아버지가 방에 없는 것만 좋아서 까만 눈을 반들거리며 할머니를 쳐다보았다. 할머니는 입을 비죽 빼물고 마당 쪽을 하얗게 흘겨보았다.

"니 애비가 누굴 닮었겐? 저누무 영감을 똑 닮었지! 아이구우, 저누무 드르운 누무 첨지! 사람을 쥐 잡듯 잡도리해야 직성이 풀리니, 저런 드르운 성질머리하구는……."

할머니는 속이 부글부글 끓어올라 참을 수가 없었다. 모욕을 받거나 억울한 일을 당하면 뱃속에서 뭐가 끓어올랐다. 한여름 감자 썩히는 항아리에 괴어오르는 거품 같았다.

순이는 할머니 얼굴을 빤히 쳐다보았다.

"할머이는 아버지가 더 무숩너 할아버지가 더 무숩너?"

순이가 겁먹은 목소리로 조그맣게 물었다.

"사나덜은 똑같애!"

할머니가 소리쳤다. 그리고 순이에게 혀를 길게 빼 보였다. 순이가 씩 웃었다.

이튿날, 할머니는 싹을 틔운 콩나물 콩을 시루에 담았다. 함지에 다리를 걸쳐 놓고 그 위에 시루를 얹었다. 물시루에 물을 뿌리고 검정 광목 보자기를 두 겹으로 덮었다.

"순이야, 분이 그 간나하군 놀지 마! 알언?"

세수를 하고 벽에 붙은 껌을 떼어 씹는 순이에게 할머니가 말했다.

"응!"

순이는 무심코 대답했다가 곧 할머니 등에 기대며 물었다.

"할머이, 분이가 나쁘너?"

할머니는 시루에 물을 퍼 주던 쪽박을 시루 밑 다리에 얹고 잠깐 생각하더니 순이를 바라보았다.

"분이는 어래서 죄가 없어두 그 집 아부지가 빨갱이래서 놀문 안 돼!"

"할머이유, 빨갱이가 나쁘너?"

"그럼 나쁘구말구!"

"증말루?"

"니는 할미가 나쁘다문 나쁜 줄이나 알구 있어!"

"왜서?"

순이는 공연히 우스윘다. 얼굴에 웃음이 따그르르 굴렀다. 할머니가 눈을 흘기며 그 얼굴을 쳐다보았다.

할머니는 순이에게 절대로 콩나물시루의 보자기를 들추지
말라고 당부하고 마당으로 나갔다.

11

할머니가 순이를 깨웠다. 보통 때보다 한 시간은 이른 시각
이었다. 순이는 할머니가 몸통을 흔들어 대도 일어나지 않고
이불 가운데로 점점 더 기어들어 몸을 말았다.

"날래 안 일어나너!"

할머니 목소리가 여느 때와는 달랐다. 장난치는 목소리가
아니었다.

"어여 일어나!"

할머니 목소리가 다급해졌을 때 순이는 못 이기는 척 고개
를 내밀고 할머니를 쳐다보았다. 순이는 할머니가 평소와 다
르다는 걸 금세 알아차렸다.

"얼루 가유?"

순이가 물었다.

할머니는 장에 갈 때보다 더 깨끗한 옷을 입고, 다림 자국이
나고 밥풀 먹인 내가 은근히 풍기는 광목 앞치마를 두르고 있
었다.

"할머이 시방 문안으루 가는데, 니 점심때 글루 와. 알언?"

할머니가 흥분한 목소리로 나지막이 속삭였다.

"군청 아래 기와집 몰른? 치안대장네 말여. 벚낭구(벚나무) 이만한 거 뒤란에 있는 집 몰러?"

할머니는 뒤란에 있다는 벚나무를 말할 땐 손을 머리 위로 올려 아주 커다란 원을 그려 보였다. 순이는 할머니 얼굴에서 눈을 떼지 않고 생각해 봤다.

"공원 가는 데 말이너?"

순이가 쪼프려 떴던 눈에 힘을 주며 소리쳤다. 할머니의 얼굴이 밝아졌다.

"목재소 갈 때 기와집 안 봔?"

"응, 알어!"

순이가 손뼉까지 쳤다. 언제던가, 할머니가 뒤란 처마 밑에 선반을 지르고 싶어서 목재소로 널빤지를 사러 간 적이 있었다.

뒤란에 벚나무 고목이 담장처럼 서 있는 기와집은 전쟁 나던 해 겨울, 읍내의 집이란 집은 죄다 불탈 때 타지 않고 남은 몇 집 가운데 하나였다. 집안이 번다하고 자식도 많고 오래전부터 벼슬을 하던 집안이었다. 자식들 중엔 일본에서 유학을 한 사람도 있고 서울에서 유학한 사람도 있었다. 그중엔 항일 운동을 하다가 공산당원이 된 사람도 있고 또 서북청년회의 지역 책임자가 된 사람도 있었다. 식구 중에 누가 어떤 일을 했건 인심을 잃은 적이 없어서, 세상이 하애졌다가 빨개졌다가를 손바닥 뒤집듯이 할 때도 원한을 사지 않았다고 했다.

할머니가 유난히 서두르는 건 오늘 새벽 치안대장의 어머니가 갑자기 세상을 떠났기 때문이었다. 앓던 병도 없었는데 거짓말처럼 죽었다고, 나이 일흔여섯이면 후손에게 죄를 남기지도 않았다고들 했다. 죽은 할머니의 둘째 아들이 해방되자마자 한 달도 못 되게 치안대장을 했지만, 그는 이내 월남했다가 전쟁이 난 뒤 국군을 따라 고향에 돌아왔다. 지금도 사람들은 그를 치안대장이라 부르고 그 집을 치안대장네라고 했다.

순이네 집에서는 온 식구들이 모두 상가(喪家)에 일손을 보탰다. 어머니는 상복을 급히 마르고, 아버지는 집사들 틈에 끼어 일했다. 할머니는 부엌일을 도우러 갈 참이었다. 아무 일도 생기지 않은 것처럼 늘 하던 일을 하는 사람은 할아버지뿐이었다. 그러나 할아버지도 한 번은 문상을 갈 것이다.

"순이야, 점심때쯤 되문 니이 그 집에 와서 얼찐거래라. 할미가 어디 있너 찾어! 알언?"

할머니가 은밀하게 속삭였다. 그게 무슨 뜻인지 금방 알아챈 순이는 벌써 따라나설 것처럼 일어났다.

"할머이랑 같이 갈까?"

"시방 가 봐야 먹을 게 있을라구? 안죽 떡두 안 했지."

할머니가 말했다. 순이는 실망했지만 얼굴에 기쁨이 가득 어렸다.

할머니는 순이에게 당신을 못 찾으면 부엌에 가서 할머니가 어디 있는지 물어보고, 그래도 못 찾으면 사방을 돌아다녀 보고, 그래도 못 찾으면 엉엉 울라고 시켰다. 그러면 누구든 할머니한테 데려다 줄 거라는 거였다.

할머니가 오늘 입은 앞치마는 유난히 주머니가 깊게 달린 것이었다. 할머니는 어머니가 만들어 준 앞치마 중에서 주머니가 좀 크고 깊은 것으로 골랐다. 평소엔 절대로 먹어 볼 수 없는 것들을 한저름(한점)이라도 주머니에 감춰 두어야 했다.

할머니는 순이의 얼굴을 씻기고 콧구멍에 손가락을 넣어 말끔하게 닦아 주었다. 머리도 빗겨 한 가닥으로 땋았다. 거지도 입성이 좋아야 잘 얻어먹을 수 있다. 아침밥은 깨소금에 비벼서 허기나 면하게 먹였다. 순이의 입맛도 벌써 눈치를 차려서, 늘 먹던 음식은 받지 않았다.

"해를 쳐다봐. 니 머리 꼭대기에 오지? 그럼 글루 와."

"……."

"순이야, 니 그림자가 니 발에 밟히문 와. 알언?"

"응, 할머니!"

순이의 목소리는 행복했다. 행복하기는 할머니도 마찬가지였다.

"천주당 여시 간나 델구 오지 말구 니 혼처 와!"

몇 걸음 걷다 말고 뒤돌아선 할머니가 말했다. 순이는 그저 웃었다.

할머니가 치안대장네로 간 뒤, 순이는 뜰방에 앉아서 해가 머리 위로 오기를 기다렸다. 햇살은 따가워도, 열기가 한풀 죽은 늦가을 햇살이었다. 높은 구름에 해가 가리면 갑자기 불어오는 바람이 차가웠다. 바지 틈으로 들어오는 바람결에 오스스 종아리에 소름이 돋았다.

순이는 헝겊 주머니에서 공깃돌을 꺼내고 사금파리들도 꺼내 놀아 보았지만 한 시간을 채우지 못했다. 무지개 사탕, 돼지고기, 떡과 부침개를 상상하던 머릿속도 하얘졌다.

몸을 비틀고 하품을 하던 순이에게 번개같이 영이가 떠올랐다. 갑자기 영이가 너무 보고 싶어졌다. 할머니가 일부러 영이와 함께 오지 말라고 콕 찍어 하던 말은 까맣게 잊었다. 뭔가 즐거운 일, 행복한 기분이 순이의 마음에서 보글보글 일어나기 시작했다. 터져 나오는 웃음처럼 참을 수가 없었다. 붉은 고추 위로 내려앉은 햇살이 반짝이는 것, 고추잠자리가 빨랫줄에 앉았다가 급히 고추 위로 곤두박이곤 하는 것, 하얀 나비가 두엄 더미로 날아가는 것들을 보아서였을까? 아니면 무슨 행복한 일이 정말 기다리고 있는 걸까?

순이는 누가 부르는 소리를 듣기라도 한 것처럼 발딱 일어나 뜰방 아래로 성큼 뛰어내렸다. 하마터면 엎어질 뻔해서 손바닥을 땅바닥에 찧었다. 손바닥이 모래알에 쓸려 하얗게 까졌다. 순이는 잠깐 눈살을 찌푸리고는 손바닥을 탈탈 털어 바지춤에 쓱쓱 문질렀다.

햇볕은 쨍쨍 모래알은 반짝, 순이는 목소리를 높여 노래 부르며 강중강중 뛰어 도랑을 건너고 찻길을 건너고 성당 가는 길의 공터로 들어섰다. 왼쪽에 쌓인 부서진 벽돌 더미로 눈길이 갔다. 여기쯤 오면 저절로 걸음이 느려지고 눈길은 그곳으로 향했다. 이곳에서 벽돌로 집을 지어 놓고 살림을 사는 아이는 순이와 영이밖에 없었다.

순이는 우뚝 서서 벽돌 더미를 지나 공터 중간쯤에서 오른편으로 난 좁다란 길을 바라보았다. 공터와 집으로 들어가는 길가엔 낮은 돌담이 있고, 돌담 위로는 호박 덩굴이 구불구불 이어져 있었다. 순이는 살금살금 그곳으로 다가갔다. 호박 덩굴은 잎이 말라서 늙고 쇤 줄기가 듬성듬성 드러났고, 누렇게 익은 늙은 호박 몇 통이 이제 날 따 가라, 하고 몸통을 드러내고 있었다.

열 발짝이나 걸었을까? 순이는 걸음을 멈췄다. 호박덩굴 저쪽에서 어떤 여자아이가 순이를 바라보고 있었다. 얼굴은 조붓하고, 쌍꺼풀 지지 않은 눈은 옆으로 길었다. 얼굴빛은 노랗다가 새하얗다가 했다.

순이는 할머니가 분이와 놀지 말라던 것, 그것 때문에 할아버지가 화난 목소리로 한참이나 무어라고 말하던 그날 밤의 스산한 느낌을 되새겼다. 순이가 원하지 않아도 저절로 떠올라서 순이를 사로잡았다.

순이는 분이가 손을 조금 드는 걸 보았다. 손끝이 움직이는 것도 보았다. 순이야, 기어들어가는 목소리로 부르는 소리도 들었다. 하지만 순이는 분이야 놀자, 그렇게 말하고 싶은 마음과 달리 팩 돌아섰다. 돌아서자마자 언덕 위로 내달렸다. 순이 귀에는 잘 들리지 않던 분이 목소리, 그 애의 얼굴색이며 눈빛이 지워지지 않았다. 달리면 달릴수록 모든 인상들이 따라왔다. 순이는 다시 그곳으로 달려가고 싶었다. 그래선 안 된다는 생각도 했다. 하지만 이런 생각들이 어지러울수록 순이는 언덕 위로만 숨이 차게 달렸다.

순이는 언덕길 맨 위, 성당 마당이 시작되는 곳에 장승처럼 서 있는 커다란 향나무 앞에서 겨우 발을 멈췄다. 거친 껍질에 싸인 둥치를 부둥켜안고 숨을 헉헉 내쉬었다. 성당은 언제나 조용했다. 미사가 있는 일요일에나 북적였고, 새벽과 저녁 미사가 있을 때 사람들 모습이 보일 뿐이었다.

숨이 가누어지자 순이는 성당 건물을 바라보았다. 눈길이 높은 첨탑을 따라 올라갔다. 새파란 하늘을 찌르는 첨탑에 십자가가 달려 있었다. 바람이 낮게 불어 마당의 흙을 하얗게 말아 올리다가 사라지곤 하였다. 오동나무와 미루나무 단풍잎들이 바람에 날아다녔다. 바람이 불지 않아도 낙엽은 조금씩 굴러서 어디론지 가고 있었다.

순이는 여전히 향나무 둥치에 매달린 채 눈으로 팔을 뻗고 낙엽들을 쫓았다. 느덜은 얼루 가너? 속으로 물었다. 괜시리 낙엽들이 가엾게 느껴졌다. 순이는 슬픈 마음으로 신부님 집을 바라보았다. 신부님이 저기 있다면, 신부님이 한국말을 잘한다면, 순이는 낙엽에 대해 물어보고 싶었다. 신부님이라면 모든 것을 알 것 같았다.

신부님을 생각해서였을까? 신부님 집 출입문이 열리더니 영이 아버지가 나왔다. 그 뒤로 신부님도 보였다. 길게 끌리는 검은 치마를 입은 신부님은 검정 모자를 썼다. 영이 아버지가 가방을 들었고 신부님은 검정 가죽을 씌운 책을 들었다. 순이는 반가워서 눈물이 찔끔 나왔다. 하지만 영이 아버지와 신부님이 자기 앞을 지나치면서 눈길 한 번 주지 않자 순이는 부끄러워졌다. 신부님과 영이 아버지는 마치 순이가 거기 없는 것처럼 지나쳐 갔다. 순이는 어른들이 다 지나가고 나서도 부끄러움이 가시지 않아 향나무 둥치 뒤에 몸을 숨겼다.

영이네 집 어귀에서 수녀님들이 부산하게 걸어 나왔다. 수녀님! 순이는 속으로 수녀님을 불렀다. 하지만 수녀님들도 향나무 둥치 뒤에 몸을 숨긴 순이를 알아보지 못했다.

순이는 앞서 가는 영이 아버지와 큰수녀님이 무어라 말을 주고받는 모습을 보았다. 다른 수녀님들은 신부님 뒤에서 옷자락 부딪는 소리를 내며 바삐 걸었다. 순이는 수녀님이 부러웠다. 질투도 났다. 크면 수녀님이 되고 싶다고 생각했다.

순이는 뒤섞여서 들려오는 발소리로 미루어 신부님 일행이 어디까지 내려갔는지 상상했다. 그리고 발소리가 더 이상 들려오지 않을 때, 깜짝 놀란 듯이 언덕길이 보이는 곳으로 나가 아래를 내려다보았다. 신부님 일행이 이내 구부러진 곳으로 사라져 더는 아무것도 보이지 않자, 순이는 허물어지듯 주저앉았다. 언덕길을 하염없이 내려다보았지만, 텅 빈 비탈길은 그저 하얗기만 했다. 순이는 울고 싶었다. 가슴에 채워 두었던 것들이 한순간에 모두 빠져나간 것처럼 허전하고 또 허전했다.

영이가 순이를 부른 건 아마도 시간이 조금 지나서였을 것이다.

"야! 니 왜서 거기 멀갱이(바보)같이 앉언?"

영이가 살금살금 다가와 순이의 등을 팍 치면서 물었다. 순이는 놀랐지만 화는 나지 않았다. 갑자기 순이 눈에 물방울이 맺혔다.

"니 어머이가 죽었너?"

영이가 놀리는 말투로 물었다.

순이는 대답하지 못했다. 죽었느냐는 말에 그저 슬픔이 솟구쳐, 속절없이 주르륵 눈물이 흘러내렸다. 순이는 영이 손을 잡았다. 영이는 순이의 손이 너무 차서 얼른 뺐다.

"야, 니 왜서 운?"

"할머이가 죽었대."

"니 할머이두 죽언?"

순이는 고개를 흔들었다.

"치안대장네 할머이가 죽었어."

순이가 말했다.

156

"누가 몰러? 종부성사하러 다 가셨는데."

영이가 말했다.

순이는 알아들을 수 없었다. 영이는 순이가 묻지 않아도 종부성사가 무언지 말해 주었다. 죽은 사람이 천국에 가도록 신부님이 미사를 해 준다는 것이었다.

"그럼 할머이가 천당 가녀?"

순이가 심각하게 물었다.

손바닥으로 흙에서 유리 빛깔의 모래알을 긁어모으던 영이가 고개를 반짝 들고 순이를 쳐다보았다. 그것도 몰라? 그런 표정이었다.

"신부님이 미사만 드리문 금방 가."

영이가 직접 보기라도 한 것처럼 말했다.

"증말루?"

"그래!"

영이가 귀찮아하며 대꾸했다.

순이는 후유, 한숨을 내쉬었다. 왠지 천당이 마음속으로 환하게 느껴졌다. 순이가 지금까지 허전해했던 것, 정체도 모르게 밀려들던 서글픔 같은 것들이 흔적도 없이 사라지는 듯했다.

"야, 니 이거 빨어 먹어! 말캉 사탕깔기잖."

영이가 손바닥에 든 모래알을 펴 보이며 순이에게 말했다. 순이는 영이의 손목을 잡고 혀를 쭉 빼물어 모래알을 먹는 시늉을 했다.

"마슴(맛있니)?"

고개를 드는 순이에게 영이가 물었다. 순이는 알아듣지 못한 얼굴이었다.

"영이야, 그럼 할머이는 신부님이 미사 드릴 때까지 안 죽구 기다리너?"

순이가 물었다. 순이는 아무리 생각해도 이상했다. 할머니가 아침에 그 집으로 갔을 땐 치안대장네 할머니가 아직 안 죽었었나? 생각할수록 이상했지만 순이는 더 물어볼 수 없었다. 물어보면 무언가 알지 못하는 것이 달아나거나 연기처럼 사라질 것만 같은 아슬아슬한 기분이 들었다.

"그누무 할머이가 죽어서 씨원하다! 니두 내 맘하구 같너 안 같너?"

"같애!"

순이가 대답했다.

그건 사실이었다. 죽었다는 기와집 할머니는 요리문답을 배우러 오는 할머니들 중에서 가장 무서웠다. 마당에서 순이와 영이가 고무줄을 하거나 땅뺏기를 하면 당장 문을 열어젖히고 눈을 부라려 보이곤 했다. 순이는 이제 그런 무서운 얼굴을 보지 않아도 된다는 게 기뻤다.

"근데, 우리 할머이가 글루 오라구 했어. 해가 머리 꼭대기에 올 때. 영이 니두 갈라너? 떡두 주구 부침개두 주구 고기두 읃어먹을 수 있어."

순이는 아침에 할머니가 당부한 말을 까맣게 잊고 영이에게 말했다. 영이가 흙장난하던 손을 치마에 마구 썩썩 비벼 닦고는 발딱 일어서서 만세를 불렀다. 영이의 치맛자락에서 뽀얀 흙먼지가 일었다.

"가자!"

영이가 싸우러 나가는 군인처럼 두 손을 높이 치켜들고 앞장을 섰다. 영이의 씩씩한 모습에 순이의 들뜨려던 마음이 눌렸다. 저러면 안 될 것 같았다. 그 집에 가더라도 살금살금 가야 했다. 하지만 순이는 토끼처럼 껑충껑충 앞장서서 언덕길을 내려가는 영이를 붙잡을 수 없었다.

찻길로 나와 순이와 영이는 어깨동무를 했다. 앞빠꾸 뒷빠꾸 자동차 빠꾸우! 악을 쓰며 노래했다. 그러나 군청 앞을 지날 때는 둘 다 갑자기 조용해졌다. 뜀박질하듯 걷던 걸음은 살얼음을 딛듯 조심스러워졌고 아래위 입술도 꼭 여몄다. 여기선 조심해야 한다는 걸 둘 다 알고 있었다.

군청 뒤의 낮은 산과 그 위로 산등성이를 따라 서 있는 크고 작은 느티나무들은 보기만 해도 음산했다. 늙은 느티나무 중에는 오백 년이 넘은 것도 있다고 했다. 논바닥이 쩍쩍 갈라지는 오뉴월 가뭄에도 느티나무 그늘 밑은 축축했다. 귀신이 살고 있어서였다. 햇볕이 따가운 가을날에도 그곳은 어둑했다.

순이와 영이는 노래를 그치고 입은 꾹 다물고 발소리는 죽이고 등까지 움츠려 살금살금 군청 앞을 지나갔다. 둘은 경찰서 쪽으로 구부러져서야 허리를 곧게 펴고 후유, 한숨을 내쉬었다. 그러고는 서로 얼굴을 마주 보며 무작정 웃어 댔다. 아이들의 웃음소리가 공원으로 오르는 그늘진 길로 퍼졌다. 공원에도 오래된 벚나무, 느티나무 들이 있었지만 군청 뒤 같지는 않았다. 무서운 이야기가 깃든 나무는 한 그루도 없었다. 기미년 3월에 읍내 사람들이 만세를 부르며 모였대서 만세공원이라고도 하는 이곳은 공원 가운데 서면 사방팔방이 훤히 보였다.

죽은 할머니의 집은 공원 길 중간쯤을 뒤란으로 해서 남쪽에 있었다. 담이 높고 대문도 둔중했다. 담 밖에서는 기와지붕만 보였다. 그러나 오늘은 대문이 활짝 열려 있었다. 사람들이 다투어 들어가고 나왔다. 사태와 양지 고는 냄새, 지짐질하는 기름 냄새, 국수 삶고 밥 뜸 드는 냄새, 거기에다 사람들의 가지각색 체취까지 섞여 길 어귀까지 퍼졌다.

그 냄새 속에 향내도 있었다. 순이는 음식 냄새 사이에서 향내를 골라 맡으며 으스댔다. 그 향은 아버지가 가져간 것이 분명했다. 송이를 따거나 약초를 캐는 사람 중에서도 담력이 있어야 붙어 볼 수 있다는 설악산 깊은 골, 바위산에서 해 온 향이었다.

순이와 영이는 대문에서 문득 멈췄다. 대문 바로 안쪽에서 거지 셋이 밥을 먹고 있었다. 거지는 무섭지 않았다. 차일 바깥쪽에는 팔이 없고 목발을 곁에 놓은 상이군인 넷이 앉아서 술을 마시고 국수를 먹고 고기를 집어 먹고 있었다. 순이가 팔짱을 긴 영이에게 거머리처럼 달라붙었다.

"야, 느 할머이가 어딘?"

영이가 순이에게 속삭였다.

순이는 입을 뗄 수도 없었다. 할머니가 정말 여기 있을까, 의심도 들었다. 영이가 앞장서서 한 발짝씩 안으로 떼어 놓았다. 몇 발짝 들어가다 말고 영이가 먼저 움찔했다.

"우리 아부지다!"

영이가 말했다.

순이도 보았다. 차일 깊은 곳에서 누덕누덕 일부러 누더기를 붙인 베옷을 입고 베 모자를 쓴 아저씨들 곁으로 영이 아버지와 신부님이 보였다. 신부님의 시커먼 옷이 베옷과 생광목 옷을 입은 상주들 사이에서 너무도 돋보였다.

순이는 죽은 할머니를 천당에 보낸 신부님이 그저 놀라웠다. 신부님이 상주들과 여러 번 허리를 굽혀 인사하고 양쪽으로 서서 배웅하는 그들 사이로 성큼성큼 걸어 나올 때, 순이는 어디로든 신부님이 볼 수 없는 곳으로 숨고 싶었다. 하지만 영이는 아버지를 기다렸다. 자꾸만 뒤로 빼며 잡아끄는 순이를 팔꿈치로 내지르기까지 하였다.

"아부지!"

신부님과 영이 아버지가 대문 앞으로 나올 때 영이가 아버지를 불렀다. 영이 아버지가 놀라는 눈길을 보냈으나 말은 하지 않았다. 신부님과 영이 아버지 뒤로는 상주들이 따라 나오고 있었다.

배웅을 한 상주들이 조금 전과는 달리 왁자하게 흐트러진 몸짓으로 들어가자, 영이가 할머니를 찾아보자고 다그쳤다.

할머니는 과방에 있었다. 과방은 뒤란으로 돌아가는 곳의 곳간이었다. 곳간 앞에는 아직 덮개를 열지 않은 함지들과 소쿠리와 다라이들이 겹으로 쌓여 있었다. 거기엔 찹쌀, 멥쌀, 국수, 구람묵, 메밀묵, 절편과 기장떡에 인절미가 들어 있었다. 술과 담배도 들어왔다.

순이 아버지는 부엌 앞에 앉아서 쉴 새 없이 들어오는 부조 물목을 공책에 적고 있었다. 어느 곳에 사는 누구네가 무엇을 가져왔는지 적고, 돈은 액수를 두세 번 확인하고 적어 놓았다. 이런 것들 중에 먹을 것만 과방 앞에 쌓았다.

할머니는 순이를 눈이 빠지게 기다리고 있었다. 함께 과방을 보는 젊은 새댁은 벌써 여러 번 어린아이와 조카들한테까지 먹을 것을 몰래 집어 주곤 하였다. 그럴 때마다 할머니는 애가 타고 배가 아팠다.

"할머이이!"

순이가 할머니를 보고 반가워서 어리광을 피우며 코를 훌쩍 들이켰다. 할머니는 눈을 하얗게 흘겼다. 왜 이제 왔느냐고 욕을 해 붙이고 싶은 것을 새댁 때문에 침 한 번 삼키고 참았다.

"여기 얼찐거리지 말어!"

할머니는 이렇게 말하고는 주섬주섬 절편과 인절미를 집어

서 순이에게 내밀었다. 마침 겸상짜리와 외상짜리 하나씩을
담아 달라고 온 아주머니가 아니꼽게 훑어보았다.

"아이구우, 큰일에는 먼 동네 거지까지 오질 않너······. 야
덜은 뉘긴데 여기서 얼찐거리제?"

아주머니는 할머니네 식구일 거라 짐작하면서도 이렇게 빈
정거렸다.

"옛날에 이런 부잣집에선 없는 사람 먹일라구 부러 굿을 했
다네유."

새댁이 말했다.

"이 댁은 미신 안 믿어! 그런 소린 입에 담지두 말게!"

아주머니가 음식 접시가 담긴 함지를 앞가슴에 안고 돌아서
며 야무지게 말했다.

할머니는 기장떡과 햇과일 조각도 두어 개 집어 순이에게
주었다. 순이는 바지 주머니에 넣고 양손에 잡고도 사과 쪽 하
나는 떨어뜨리고 말았다.

"저 아도 줘야지유."

부러움에 겨워 눈에 주접이 가득 든 영이에게 새댁이 떡과
과일 조각을 집어 주고, 그래도 미적거리자 고깃점과 부침개
를 주었다. 그제야 영이 얼굴에서 오래 주린 주접의 기색이 사
라졌다.

"느덜 다신 오지 말어!"

할머니가 배부른 강아지들처럼 가고 있는 아이들에게 소리

쳤다. 그러나 순이도 영이도 그 말이 진심이라고는 믿지 않았다. 둘은 공원 어귀, 나무 그늘 아래 주저앉아서 들고 온 음식을 하나하나 먹었다.

"할머이는 하마 천당 갔너?"

순이가 물었다.

영이는 얼른 대답하지 못했다. 자기를 쳐다보는 순이의 새까만 눈동자를 바라보고는 고개를 잠깐 갸웃했다.

"천당은 머너?"

순이가 작은 소리로 물었다.

영이는 고개를 숙인 채 기장떡에 붙은 맨드라미꽃을 떼어 내고 있었다. 맨드라미꽃은 순이도 먹지 않았다. 영이는 새카만 석이버섯도 떼어 냈다. 순이도 그랬다.

"금방 못 가!"

영이가 확신에 찬 목소리로 말했다.

아, 순이의 입에서 가느다란 신음이 흘러나왔다. 순이 눈앞에는 흰옷을 입은 할머니가 길을 못 찾아 두리번거리는 모습이 보였다. 불쌍했다. 그리고 무서웠다.

"할머이 혼저서 천당으루 가니깐 길을 못 찾너?"

순이는 누가 듣기라도 하는 듯이 아주 작은 소리로 물었다. 영이가 순이를 흘깃 쳐다보고 히죽 웃었다.

"빙신! 누가 천당에 혼저 가는 줄 알구? 수호천사가 데려다 주지!"

영이가 말했다.

순이는 수호천사가 뭔지 몰랐다. 하지만 자꾸 물어보면 영이가 귀찮아할까 봐 말하지 못했다. 참으면 참을수록 마음이 가려웠다. 영이가 눈치챈 걸까? 영이는 수호천사가 누군지, 수호천사가 어떻게 생겼는지 말해 주었다. 죽지에 날개가 붙어서 하늘을 날아다니는 천사는 머리카락이 구불거리고 눈이 동그랗고 눈동자는 새파란 여자아이였다.

"그럼 할머이두 천사가 델구 가겠네?"

"그래!"

영이가 대답했다. 영이는 더 이상 천사나 천당에 대해 이야기하기 싫었다. 사실은 영이도 잘 몰랐다. 하지만 순이에게 모른다고 말하긴 싫었다.

순이는 얻어 온 음식을 다 먹고 손을 턴 영이에게 돼지고기 조각을 주었다. 영이가 천사처럼 좋아졌다. 영이만 있으면 죽어도 무섭지 않을 것 같았다. 이런 영이를 왜 할머니가 미워하는지, 왜 여우라고 하는지 알 수 없었다.

해질녘까지 순이와 영이는 과방 앞에 세 번이나 더 가서 얼쩡거렸다. 두 번은 할머니에게 욕을 먹으면서 먹을 것을 두둑히 받았지만 세 번째 갔을 때는 할머니가 없었다. 배는 벌써 빵빵하게 불러서 더 먹을 수도 없긴 했다. 그래도 음식을 얻는 게 재미있었다.

할머니는 뒷마당에서 국수를 말아 내고 있었다. 임시로 건 커다란 가마솥에서는 계속 물이 끓고, 남자들은 물지게를 내려놓고 독에 부은 뒤에 다시 빈 초롱을 지고 우물로 갔다. 음식 먹는 사람, 일하는 사람으로 누가 누군지 알 수 없었다. 여기저기 관솔불이 켜지기 시작했다.

"순이야! 일루 와!"

할머니가 먼저 순이를 알아보고 목청껏 불렀다.

할머니 곁에는 상을 받지 못한 채 국수 그릇만 들고 국수를 먹는 아이와 어른들이 한둘이 아니었다. 이손저손 들락거리자 커다란 이남박에 가득 담긴 김치가 금세 줄었다. 다시 김치를 썰어다 담는 아주머니가 입이 무섭긴 무섭다고 말하자, 일하는 여자들도 모두 그 말에 한마디씩 보탰다.

"배가 불른?"

빈 국수 그릇을 내놓고 일어서는 순이에게 할머니가 부지런히 물었다. 그러고는 대답도 듣기 전에 순이 손을 잡아끌고 과방 앞으로 갔다. 과방의 젊은 아주머니들에게 우리 손주가 여태 떡 한쪽 얻어먹지 못했다고 징징거리는 투로 말해서 떡을 한 줌이나 받아 주었다. 영이에게도 얻어 주었다.

"이젠 그만 집으루 가! 알언? 어둡기 전에 날래 가. 도깨비 나올라! 여자덜이 밤에 나댕기문 도깨비가 잡어가! 피를 쪽쪽 빨어 먹구 버래! 아이구우, 무수워라!"

할머니는 손아귀에서 흘러내릴 것 같은 음식들을 모아 잡느라 정신이 없는 순이와 영이에게 말했다. 순이는 하도 들어서 들으나 마나 한 소리였다.

"도깨비보다 천주님이 더 무수워."

영이가 순이에게 속삭였다. 순이가 히히 웃었다.

아이들이 어수선하고 벅적거리는 차일 구석을 아슬아슬 지나 대문을 나설 때였다.

"순이야! 순이야!"

할머니가 숨 가쁘게 달려오며 순이를 불렀다. 아이들은 할머니가 앞을 가로막고 설 때야 알아차렸다.

"니 시방 집에 가서 할애비한테 얼릉 와서 국수 먹구 가라고 그래라! 날래 오시라구 그래, 응? 집에서 식은 밥 먹지 말구 일루 와서 잡수시래유, 그래! 알언?"

할머니가 눈을 끔뻑거리며 다짐을 주었다. 할머니가 국수를 마는 건 한편으로는 할아버지 때문이었다. 국수를 좋아하는 영감한테 몇 그릇이고 내줄 참인데, 미련해서 이런 곳에 넙죽 오지 못하는 영감이 답답해 속이 터졌다. 흉년에는 밥사발 농사가 그중 낫다고, 이렇게 흥청거리는 곳에서 배라도 기름지게 해야 했다.

"응, 응, 알었어."

순이는 이렇게 대답했다.

하지만 군청 앞길을 숨죽이며 걸어갈 때, 순이는 할머니의 당부를 까맣게 잊었다. 군청의 처녀귀신이 알아채지 못하도록 허리를 굽히고 발소리를 죽이며 느릿느릿 걷는 동안 할머니의 당부는 순이 머릿속에서 사라져 버렸다.

12

장군이 마침내 인디언 추장을 죽였을 때, 어머니는 참지 못하고 박수를 쳤다. 어머니의 손뼉이 두 번째 박수로 넘어갈 때 다른 사람들도 여기저기서 박수를 치기 시작했고, 곧 모든 사람들이 박수를 쳤다.

박수 소리에 할머니의 꺾였던 고개가 번쩍 들렸다.

"뭔 난리가 난?"

할머니가 놀란 눈을 뜨고 허둥거리는 목소리로 물었다. 박수 소리에 묻히긴 했어도 할머니의 목소리는 거리낌 없이 컸다. 할머니는 두리번거리며 입가에 흘러내린 침을 손으로 문질렀다.

순이는 왠지 창피했다. 창피해하는 건 어머니가 더했다. 드러내 놓고 업신여기는 눈치를 주더니 한마디 했다.

"아이구우, 남세시루워."

할머니 귀에 들리고도 남을 만큼 말소리가 컸지만 할머니는 들은 척을 하지 않았다. 어머니도 이내 관심을 거두었다. 인디언 마을이 불타오르고 백인 기병대는 승리의 술잔을 높이 들었다. 다른 곳으로 행진하는 백인 기마 대원 중 한 사람은 자신의 안장 앞에 인디언 소년을 태웠다. 그 뒤로 보이는 인디언 마을에서는 잿빛 연기가 피어오르고 있었다.

영화는 끝났다.

순이는 어머니의 흥분된 얼굴을 보았다. 새로운 기대와 희망으로 들떠 보이는 어머니는, 철이를 등에 업고 씩씩하게 밖으로 걸어 나갔다. 철이는 자꾸만 뒤를 돌아보며 순이가 따라오는지 살폈다. 철이와 눈이 마주치자, 순이는 입술을 있는 대로 빼물어 보였다. 순이는 할머니 손을 잡고 있었다.

밖은 극장 안보다 더 밝았다. 추석을 사흘 앞둔 맑은 날의 달빛이며 별빛이 세상을 젖빛으로 물들이고 있었다. 사람들은 공회장 앞에서 이리저리 흩어지며 서로 인사했다. 어머니도 몇 사람과 인사하고 할머니를 돌아보았다.

"뭔지나 아세유?"

어머니가 물었다.

할머니는 대답하지 않았다. 그러고는 어머니를 등지고 반대편 길로 걸어갔다.

"총 쏴 대구 사람 죽이는 기 뭐이 조워? 그 난리를 겪구두 질리지 않언? 독해 빠져서, 퉤!"

큰길로 꺾어진 뒤 할머니는 혼잣말을 하며 침을 뱉었다. 순이도 할머니를 따라 침을 뱉었다.

"할머이, 사람 죽이는 건 나쁘지?"

순이가 물었다.

"그럼! 나쁘다마다!"

할머니가 큰 소리로 대답했다.

집에 돌아와서 할머니는 소금물로 입을 헹궜다. 순이는 방에 들어와 구호물자로 받은 남자용 나이트가운 속으로 들어가 명석말이하듯 몸을 말았다. 갈색과 남색, 황색을 섞어서 짠 겨울용 모직 가운이 순이에겐 마치 차일 같았다. 보통 사람들보다 덩치 큰 아버지가 입어도 땅에 끌릴 것 같았다. 구호물자 받는 날 아무도 가져가지 않으려는 것을 할머니가 한겨울 감자 구덩이라도 덮을까 싶어 가져온 것이었다. 그런데 순이가 무턱대고 제 것이라며 맡았다. 할머니는 옷에서 나는 누린내라면 질색을 했는데 순이는 좋아했다. 심지어 제 코에 대고 큼큼 냄새를 맡기까지 했다.

"아이구우, 디루워라!"

할머니가 순이에게서 옷을 빼앗아 나뭇가리 위에 던져 놓았다. 이슬을 맞는 날도 있고 서리를 맞는 날도 있었지만, 하루하루 지나면서 고약한 누린내가 조금씩 옅어졌다.

순이는 노린내가 신부님 냄새와 똑같다는 걸 알았다. 그날 혼자서 학교 운동장을 바라보고 있을 때 가까이 다가온 신부님한테서 그런 냄새가 났다. 영이와 살며시 들어갔던 신부님의 부엌에서도 비슷한 냄새가 났다. 비록 구수하고 느끼한 냄새가 섞였어도 노린내였다.

노린내를 생각하며 잠이 들었던 순이가 울음소리에 눈을 떴다. 순이는 담요 같은 가운 속에서 기어 나왔다. 방 안이 아침처럼 환했다. 그러나 등잔불 빛이었다.

"작대기루 어머일 막 때랜?"

할머니가 철이 얼굴을 손바닥으로 문질러 닦아 주며 물었다.

"할머이, 어머이가 죽어유."

철이가 흐느끼며 말했다.

순이는 가슴이 철렁 내려앉았다. 몸이 와들와들 떨렸다. 저도 모르게 성호를 긋는다고 가운뎃손가락을 이마에 붙였다가 가슴으로 내렸지만, 그다음 순서를 까맣게 잊어버려 앙가슴만 마구 콕콕 찍었다.

할머니가 순이의 하는 양을 의심스러운 눈으로 잠깐 바라보았지만 더는 신경 쓰지 못했다. 할아버지의 한숨 소리가 너무 컸기 때문이었다. 할아버지는 거푸 한숨을 크게 내쉬었다.

잠시 뒤 할아버지가 무슨 결심을 한 듯 끙, 힘을 주며 일어났다.

순이는 할아버지가 문턱에 놓인 고무신을 신는 소리, 댓돌로 내려서는 소리, 그리고 변소로 향하는 발걸음 소리를 들었다.

할머니도 부엌문 앞에 벗어 놓은 겉치마를 집어서 허리에 두르고, 치마끈을 야무지게 맸다. 순이와 철이의 눈길이 할머니가 움직이는 곳으로 따라붙었다. 눈물이 어룽대고 불안이 가득 찬, 흔들리는 눈동자들이었다.

순이와 철이는 할머니가 뭐라고 말하지 않아도 따라서 앉고, 서고, 또 문밖으로 나갔다.

"느덜두 갈란?"

부엌문을 나선 할머니가 벌써 뜰방에서 신발을 신고 기다리는 아이들에게 을씨년스러운 목소리로 물었다.

"응!"

"예!"

아이들이 대답했다. 할머니는 잠깐 머리를 긁적이며 생각하다가 가자, 한마디만 하고 앞장서 걸었다.

할아버지가 가게로 왔을 때 아버지는 없었다. 혼자 비참한 울음을 울고 있던 어머니는 할아버지가 들어서는 줄도 몰랐다. 그러다가 기척을 느끼고는 화들짝 일어나 폭풍이 휩쓸고 간 듯한 방 안을 서둘러 치웠다. 내던져진 그릇이며 밥상, 옷가지들로 발 디딜 틈이 없었다. 실이 풀린 실패는 뒹굴다가 문턱에서 멈췄고, 가위는 벽을 찍고 다리를 벌린 채 바닥에 떨어져 있었고, 부엌칼은 재봉틀 다리 옆에 누워 있었다. 그래도 깨지지 않은 호야불로 방 안의 어지러운 정경이 고스란히 보였다.

"에미야, 그냥 앉어 있어라."

할아버지가 군복 윗도리와 바지를 주섬주섬 치우고 안으로 들어서며 말했다.

할아버지가 그만두라고 했지만 어머니는 옷가지며 가위, 칼 따위를 부랴부랴 치웠다.

"다친 덴 없너?"

할아버지가 따뜻하고 아늑한 목소리로 물었다. 그러자 무릎 꿇고 조아린 어머니의 등이 방바닥으로 무너지듯 가라앉으며 흔들렸다.

어머니가 울기 시작했다. 손으로 입을 틀어막아도 서러운 울음은 멎지 않았다. 한동안 어머니의 울음소리만 가게 안에 가득 찼다.

"아범이 철이 안 나서 그러니 어찌겠너. 똥이 무수워서 피하겠너?"

할아버지가 나직이 말했다.

"아버니, 지는 자식들만 없으문유…… 아무리 출가외인이라지만 친정에 욕을 보일 수 없어서유…… 지 하나 목숨이라문유……."

어머니가 흐느끼며 말했다. 출가외인이라고 할 때는 잠깐 목을 놓아 울었다.

"그래, 에미야. 참을 인(忍) 자 셋이문 살인두 멘한다는 옛말이 있잖너."

할아버지가 말했다.

이때 문밖에서 기척이 나더니 철이가 어머이, 하고 문을 열고 들어왔다. 순이는 어머니를 보는 순간 무턱대고 엉엉 울었다. 왜 우는지 자기도 몰랐다. 그저 서러운 울음이 터져 나왔다. 할머니가 울지 말라고 순이의 팔을 잡아당겼지만 그치지

못하고 어머니 곁에 가서 붙어 앉았다. 어머니는 순이를 밀어
냈다.

"아이구우, 망할 눔! 에미 저 얼굴 좀 봐유! 저게 어디 사람
얼굴이너? 에이, 나쁜 눔! 호랭이가 물어 갈 눔!"

할머니가 방으로 들어와 앉으며 말했다. 호랭이가 물어 갈
눔이라고 할 때, 할아버지는 할머니를 노엽고 어리석어하는
눈으로 바라보았다.

할머니는 소리 없이 흘러내리는 눈물을 계속 손등으로 문질
러 닦으며 가게 안의 어지러운 물건들을 치우기 시작했다. 철
이도 할머니를 따라서 실패를 집어다 원래 있던 자리에 놓았
다. 순이는 울기만 하였다.

"아버니, 지가 못났지유. 팔자를 이렇게 타고났으니 지가 못
났어유."

어머니는 울지 않고 자기를 한껏 비웃는 목소리로 말했다.
할아버지는 말없이 침을 삼켰다. 그러고는 자리에서 일어나
곧 가겟방을 나갔다. 철이가 할아버지, 하고 소리쳐 불러도 뒤
돌아보지 않았다.

"하마 들어가실래유?"

할머니가 뒤따라 나가서 물어도 들은 척하지 않았다. 희미
한 어둠 속으로 사라지는 할아버지의 등에 대고 할머니가 주
먹으로 감자를 먹이고 돌아섰다.

"에이구우, 이 개아들 눔아! 아가린 뒀다가 국 끓애 처먹을

란?"

할머니는 문으로 들어서며 할아버지를 욕했다.

할머니는 팔을 걷어붙이고 가게 안을 치웠다. 깨진 그릇 조각들을 모으며, 찢어진 천 조각을 맞추며 연신 개아들 눔덜, 개아들 눔덜, 하고 누구에게랄 것 없이 욕을 했다. 어머니도 팔다리가 욱신거렸지만 할머니를 도와 집 안을 치웠다. 할머니와 어머니가 이때처럼 다정하고 물샐틈없이 하나인 적은 없었다.

"애비가유, 여자는 사흘도리루 개 패듯 패는 게 법이라구 하대유. 그기 어디 사람이 할 생각이래유?"

어머니가 말했다.

"에이, 개아들 눔!"

"아버닌 때리지는 않으시잖어유."

"그 씨알머리가 어디루 가녀?"

"아버니두 어머니를 때렸어유?"

"아무럼 아범같이야 했겠."

할머니가 말했다.

"어머이, 아퍼?"

순이가 어머니의 부어오른 한쪽 눈두덩에 손을 대며 물었다. 순간 어머니는 불에 덴 것처럼 순이의 손을 내쳤다. 행여 정이라도 들였다간 큰일 날 듯이, 사뭇 질겁을 했다.

할아버지도 마음이 편할 리 없었다. 아들의 포악한 성정이 그냥 보고 넘어갈 것은 못 되었다. 하지만, 그렇다고 며느리만 옳다고 여겨지지는 않았다. 집안이 편하려면 사공은 한 사람이어야 했다.

집에 닿을 때까지도 할아버지는 가슴이 답답했다. 이러지도 못하고 저러지도 못할 일이었다. 뒤엉킨 수세미가 가슴속에 빼곡 들어찬 기분이었다. 며느리를 집 안에 들여앉힌다면, 가진 재주를 썩히는 건 그렇다 쳐도 당장 살기가 궁색해질 것이다. 자신은 땅 파는 재주밖에 없고, 아들은 농사는 싫어하고 딱히 직장은 얻지 못했으니 언제나 제 밥벌이를 할지 막막했다.

할아버지는 고민이 깊어 밤잠을 이루지 못했다. 자정이 다 되어 겨우 잠이 들 만해졌을 때, 할머니가 순이를 업고 돌아왔다. 그 뒤로 첫닭이 울 때까지 할아버지는 계속 뒤척였다. 할아버지는 드디어 한 가지 결론을 얻고서야 겨우 잠이 들었다. 집이 크든 작든, 곳간이 넉넉하든 옹색하든, 부부는 한곳에서 자고 한곳에서 밥을 먹어야 한다는 것이었다. 난장판이 된 가게에 가서 얼이 빠지고 넋이 나간 며느리를 봤을 때, 그 황량함 뒤로 드는 느낌이 있었다. 가게는 바느질이나 할 곳이지, 남편이 아내와 자식을 바라고 돌아와 쉴 곳은 아니라는 느낌이었다.

할아버지의 번민은 여기에서 안정을 찾았다. 내년 봄, 해동만 되면 선산이 있는 산골에 버려 두었던 너와집을 손봐서 늙은 내외가 들어앉기로 작정했다. 늙은 내외 두 입은 거두고도 남을 땅도 있고, 산과 개울과 골짜기가 있어서 먹고살 일은 걱정이 없었다. 할아버지가 떠나면 며느리가 이 집으로 들어와 살림을 꾸릴 것이고, 아들도 가장으로서 살 궁리를 차릴 것이다.

13

순이 어머니의 몸은 첫날보다 더 나빠졌다. 아무렇지도 않던 곳에 자고 나면 퍼런 멍이 나타나고 새로 쑤시거나 결리는 데가 생겼다.

그러는 동안 아버지는 어느 집으로도 들어오지 않았다. 그런 아들을 낳고 미역국을 먹은 자신을 저주하던 할머니가 제일 걱정을 했다. 어디 가서 죽지나 않았을까, 염려했다. 아버지와 어울려 다니던 이발소, 철물점, 방앗간, 고댕이(언덕) 집 남자들을 찾아가 아버지의 행방을 물어보기도 했다. 그러나 아버지 소식을 시원하게 알려 주는 사람은 아무도 없었다.

사흘째 되던 날, 저녁상을 물리면서 할머니가 할아버지에게 물었다.

"아범이유…… 잘못된 기 아니래유?"

근심에 눌린 목소리였다.

순간, 할아버지가 무서운 눈길로 할머니를 노려보았다. 순이는 그렇게 무서운 눈을 한 할아버지는 본 적이 없었다. 할머니는 자기가 무슨 잘못을 했다고 저러는지 몰라 입을 쭉 내밀고 고개를 숙였다. 그러고는 곁에 바짝 붙어 앉은 순이의 작고 거친 손을 잡았다. 순이는 할머니의 손이 할아버지를 마구 욕하고 있다는 것을 느꼈다. 주리 틀 영감이라거나, 개아들 눔이라거나…….

"그래, 에미 아가리에서 그기 할 소리여? 말이 씨가 된다구, 부모가 되문 자식한테 대구 아무 말이나 막 지껄여도 되는 줄 알어? 그런 기 아니여!"

할머니는 아무 대꾸도 못하고 한숨만 내쉬었다.

"나이를 똥구녕으로 처먹어두 그러지는 않어!"

할아버지가 소리쳤다. 꼭 천둥 치는 것처럼 방 안이 우렁우렁 울렸다.

순이는 할아버지가 밥상을 둘러엎을까 봐, 벌떡 일어나 마당으로 나가 지겟작대기 같은 걸 가지고 들어와 할머니를 마구 때릴까 봐 조마조마했다. 할아버지도 남자이기 때문에 얼마든지 그럴 수 있었다.

순이는 제 손을 잡은 할머니의 손이 떨리고 있다는 걸 알았다. 그래서 할머니 곁에 더 바짝 붙었다. 여차하면 할머니 치마 속으로 들어가 숨어야지 생각하면서 할머니의 치마를 살펴보았다.

방 안에 침묵이 고였다. 무겁고 두터운 침묵이었다. 순이는 제 숨소리가 너무 크게 들려 작게작게 내쉬려고 애를 썼다.

"내년에 집으루 올러갈 테니 그런 줄이나 알구 있어!"

한동안 고요하던 방 안에 굵고 묵직한 할아버지의 목소리가 퍼졌다.

할머니는 눈물을 흘리고 있었던 걸까? 훌쩍하더니 치마를 뒤집어 콧물을 훔쳤다. 한 번 두 번, 그렇게 훌쩍하고는 일어나서 밥상을 들고 부엌으로 나갔다.

순이도 빈 숭늉 그릇을 들고 부엌으로 따라 나갔다. 어두운 부엌에서 할머니는 등잔불도 켜지 않고 설거지를 했다.

순이는 아궁이 앞에 앉았다. 불기운은 거의 사그라들었지만 아직 남은 온기가 아궁이 밖으로 흘러나오고 있었다.

할머니는 설거지를 하면서도 훌쩍거렸다. 내 배 아퍼 났는데 그럼 내 아들이지……. 어미가 새끼 걱정 안 하문 누가 하녀? 개누무 첨지……. 할머니는 훌쩍이는 틈틈이 할아버지를 욕하고 자기 신세와 팔자를 한탄했다.

순이도 슬퍼졌다. 할머니를 야단친 할아버지의 마음, 할아버지가 야단을 치면 벌레처럼 죽은 척해야 하는 할머니의 처지를 이해하지는 못해도 순이는 할머니가 불쌍하고 할머니 때문에 슬퍼졌다. 할머니가 설거지를 마치고 순이를 업고 어둠에 싸인 동네를 느릿느릿 걸을 때, 순이는 할머니와 헤어지지 않겠다고 속으로 결심했다. 바람은 점점 차가워지고 하늘의 별도 추워서 떨기 시작했다.

"순이야!"

고요한 동네 고샅길, 지붕과 지붕 사이, 집과 집 사이를 말 없이 걷던 할머니가 축 처진 목소리로 순이를 불렀다.

　"응?"

　"니는 할머이하구 사는 기 좋너?"

　"응, 조위!"

　순이가 소리쳤다. 정말 좋아서, 그렇게 소리치는 것으로는 부족했다.

　"증말루 좋너?"

　"응, 증말 조위! 근데 왜서?"

　"할머이가 내년에 저기 먼 데루 가서 살문 닌 어뜩할란?"

　순이는 잠깐 침묵했다. 할머니 말이 무슨 뜻인지 알아들을 수가 없었다.

　"내년에 핵교두 가자문 할미랑 살 수 있겐?"

　할머니가 중얼거렸다.

　순이는 뭔가 슬픈 일이 생길 거라는 걸 느꼈다. 그런데 무슨 까닭에선지 할머니에게 더는 물을 수가 없었다.

　"할머이, 나 오줌 쌀라구 그래!"

　순이는 엉뚱한 말을 하며 몸을 비틀었다. 할머니가 순이를 땅에 내려놓았다. 순이는 길가에 앉아 바지를 내리고 오줌을 누었다. 오줌은 한 번에 쏴아, 시원하게 나오지를 않고 여러 번 질금거렸다.

　할머니는 서쪽에서 빗금을 그으며 떨어지는 별똥별을 망연히 바라보았다. 산골로 가면 무시로 보는 것이었다. 읍보다 먼저 해가 지고 달이 뜨고 어두워지고, 읍보다 먼저 눈이 오고 추워지는 곳. 눈이 내리면 오솔길까지 하얗게 파묻혀서 보이는 건 오로지 눈뿐인 곳. 한밤중에 왕소나무 가지가 눈을 이기지 못하고 쩍 갈라지면 공연히 가슴이 철렁 내려앉곤 하는 곳. 새와 나비와 벌레와 가재와 개구리와 뱀이 사람보다 많은 곳. 사시사철 풀과 나무, 꽃과 버섯, 이끼와 흙과 바위 냄새가 사람 냄새보다 더 많이 나는 곳. 사람 말소리가 그리워 마당 가에 서면 까마귀가 까악까악 울어 대고 개울물이 다글다글 흘러가는 곳. 비가 내리면 개울이 넘쳐 다리가 떠내려가서 아무 데도 갈 수 없는 곳……. 할머니는 사람들 사이에서 지지고 볶고 싶었다. 굶어도 사람들과 함께 굶고, 아파서 죽더라도 사람들 속에서 그러고 싶었다.

추석을 앞둔 대목장날이 왔다.
할머니는 농사지은 팥과 들깨를 말로 되어 자루에 담고 됫박 남짓 더 넣었다. 그건 마전에서 할머니 단골로 곡식을 팔아 주는 마쟁이 장씨 마누라의 몫이었다. 다라이에 자루 두 개를 얹고 그 사이로 썩혀서 말린 감잣가루, 봄철에 말려 두었던 고사리와 묵나물도 넣었다. 할아버지가 따 온 능이버섯, 송이버섯, 표고버섯, 목이버섯 들도 부서지지 않게 다라이 위에 잘 담았다. 버섯 판 돈은 할아버지에게 말해야 하지만 고사리와 나물 판 돈은 할머니 것이었다.

순이는 저 혼자 스스로 세수까지 했다. 오늘은 어떡해서든지 추석빔을 사 달라고 해야 했다. 어머니가 재봉으로 만들어 주는 바지와 윗도리는 정말 싫었다. 전부 남자 옷 같았다. 순이는 영이처럼, 그리고 다른 여자아이들처럼 꽃무늬가 있는 치마저고리와 신발을 신고 싶었다.

할머니가 다라이를 머리에 이고, 순이는 할머니 치마를 잡고 걸었다. 할머니의 걸음은 너무 빨라서 순이가 아무리 종종걸음을 쳐도 발걸음이 맞지 않았다. 할머니는 자기 걸음이 뒤엉켜 넘어질 뻔하자 순이를 마구 야단쳤다.

"아이구우, 이 손모가지 좀 놔! 왜서 찐덕풀이처럼 달라붙너?"

그래도 악착같이 붙잡고 놓지 않자, 할머니는 순이 손을 후려쳤다. 순이는 화들짝 놀랐다. 더구나 할머니는 손이 매워서, 살살 때려도 맞은 데가 아팠다. 팔목이 쓰라렸다. 섭섭하고 서운하고 화도 났다. 화를 낼까 삐칠까 궁리했지만, 우선은 할머니의 치마를 놓쳐선 안 됐다. 순이는 이를 악물고 이제 할머니 걸음을 달음박질로 따라붙었다.

아직 아침나절인데 난리라도 난 것처럼 여기저기서 장꾼들이 꾸역꾸역 장터로 모여들었다. 중절모를 눌러쓴 아저씨, 갓을 쓴 할아버지, 함지를 인 할머니, 지게를 진 총각, 자루를 인 아주머니, 머리를 길게 땋은 처녀, 어린아이, 등에 업힌 아이…… 사람이란 사람은 죄다 모여 버글버글했다.

그러나 피난길의 사람들과는 천지차이였다. 난리를 치르고 난 뒤 처음으로 생기가 솟구치는 장날이었다.

순이는 사람들 때문에 정신이 하나도 없는데, 할머니는 당신 잔칫날이라도 된 듯 저절로 신이 올라서 머리 밑이 아픈 줄도 몰랐다.

"할미 치마 꼭 잡구 걸어! 할미 잃어삐릴라!"

할머니가 싸전으로 들어서며 순이에게 말했다.

장씨 마누라는 할머니의 인사도 대충 받았다. 둥근 거적을 깔고 한 귀퉁이에 앉은 장씨 마누라는 벌써 쌓이고 쌓인 곡식들에 마음이 급했다.

"어멈! 이거 잘 되왔으니 내 것버텀 팔어 주게너."

할머니가 정신없는 장씨 마누라에게 비굴한 목소리로 부탁하고 또 부탁했다.

"알았어유. 내가 은제는 잘 안 해 줬어유?"

장씨 마누라가 할머니를 힐금 쳐다보곤 말했다.

할머니는 말없이 잠깐 그곳에 서 있었다. 쌀이며 잡곡을 사려는 사람, 팔려는 사람들이 계속 거적 주변으로 모여들었다가 흩어지곤 하였다.

할머니는 다라이에 남은 감잣가루와 고사리와 묵나물을 이고 난전으로 걸어갔다. 난전은 어물전과 남새를 파는 거리와 방앗간들이 자리 잡은 뒤쪽으로 늘어서 있었다. 노란 감과 붉은 사과와 푸른 기가 도는 붉은 대추, 누런 배와 갈색 밤 같은, 차례 상에 올릴 과일들이 죽 놓여 있었다. 읍내와 읍 바깥의 시골 마을들이 모두 초토화 작전에 불탔다는데, 그것도 거짓말일까? 그 몇 년 사이 어디서 과일나무들이 자랐는지, 불타지 않고 살아남은 나무들이 있었던 건지, 가을철 실과들이 풍성했다.

할머니는 아직 남아 있는 자리에 다라이를 내려놓고 똬리를 간 뒤 무릎을 세우고 앉았다. 순이가 옆에 있는지 없는지, 까맣게 잊은 표정이었다. 지나가는 사람들을 쳐다보고, 벌써 당신 곁으로 팔 것을 놓고 자리 잡은 아주머니며 할머니들에게 어디서 왔느냐 묻고 인사를 트느라 바빴다.

순이는 할머니 등 뒤에 가서 서 있었다. 해가 점점 높이 떠올라 볕이 따가워지기 시작했다. 날씨가 좋아서 올해는 모든 것이 잘 자라고 잘 익었다고 사람들이 말했다.

할머니가 해 온 물건 중에서 능이버섯이 가장 먼저 팔렸다. 목이버섯이 팔리고, 표고와 송이도 팔렸다. 버섯이 모두 팔리자 할머니의 얼굴이 커졌다. 할머니는 흥분하면 얼굴에 기름기가 돌면서 커 보였다.

"순이야, 니 시방 뭐이 젤루 먹구 싶녀?"

할머니가 모처럼 순이를 바라보며 다정하게 물었다.

순이는 코를 훌쩍이고는 너무 기뻐 말을 하지 못했다. 먹고 싶은 것이 머리가 미어터지게 떠올라 이름이 생각나지를 않았다. 순이가 입술을 달싹거리기만 하고 말을 하지 못하자, 할머니가 대신 이것저것 주워섬기기 시작했다. 떡, 찐빵, 개눈깔사탕, 나마카시(생과자)…….

순이는 몸을 비비 꼬았다. 할머니가 이름을 대는 모든 것이 다 먹고 싶었다. 할머니가 순이 배를 슬슬 비벼 보았다.

"안죽 배때기가 팅팅하네."

할머니가 약 올리는 목소리로 말하자 순이가 눈을 하얗게 흘겼다.

"코고무신 사 줘!"

순이가 소리쳤다. 할머니가 입술을 삐죽 내밀었다.

"이녀러 간나야! 그건 돈 잘 버는 니 에미년이 사 줘야지 왜서 할미보고 사 달란?"

할머니는 진심으로 말했다. 순이도 그렇게 생각했다.

"가서 떡 사 온."

할머니가 치마를 걷고 속바지에 붙은 깊은 주머니에서 잔돈을 꺼내 순이에게 주며 말했다.

순이는 할머니의 난전에서 조금 떨어진 떡장거리로 갔다. 온갖 떡들이 있었다. 그중에서 순이는 콩고물을 묻힌 인절미를 샀다. 인절미 콩고물이 행여 조금이라도 흩어질까, 호박잎에 싼 떡을 입에 대고 하나를 먹었다. 할머니에게 가져갈 때까지 참을 수가 없었다. 떡을 보자마자 배가 등가죽에 붙은 것처럼 고파 왔던 것이다.

순이는 빈 다라이를 든 할머니를 따라 어머니 가게로 갔다. 가게도 분주했다. 대부분 옷을 찾아가는 사람들이었다. 할머니는 한 사람이 옷을 찾아가고 떠난 자리에 엉덩이만 걸치고 앉았다. 순이는 열린 문짝을 잡고 서서 어머니를 바라보았다. 철이는 옷감들 사이에 파묻혀 자고 있었다.

"아이구우, 숭악해라! 어멈 그누무 머리가 뭐이 그렇녀? 쥐 집이녀, 새 집이녀?"

할머니가 말했다.

그 말에 순이도 어머니의 머리를 쳐다보았다. 어머니 머리가 달라져 있었다. 새카만 머리가 곱슬곱슬했다. 신기했다. 어머니는 긴 머리를 뒤로 올려 핀으로 꼽았었다. 그런데 그 긴 머리를 자르고 파마를 한 것이다.

"머리가 이상해유?"

손님 중에 한 여자가 어머니 대신 묻자, 할머니는 못마땅하다는 듯 눈을 내리뜨고 대꾸하지 않았다. 시상에라, 무슨 남우세를 떨라구, 할머니가 중얼거렸다.

그제야 어머니가 낌새를 알고 머리를 들어 이쪽을 보며 야릇하게 미소 지었다.

"왜서유? 어머니 보시기엔 안 조워유? 얼매너 가뿐한지 모르겠네유. 진작 이렇게 하구 살아야 할 걸 그랬어유."

어머니는 할머니의 입이 다시는 열리지 못하게끔 할 말을 다 했다. 하지만 할머니의 언짢은 기분까지 가져가진 못했다.

"양갈보덜이나 머리통을 쥐새끼 집으루 맹글구 댕기지. 나 원 참, 숭악하기두 해라. 남 말 못하구 산다더니만."

할머니가 목소리를 낮춰 말했다.

"어머니, 그런 말 하지두 마세유. 그런 어머니 아들은 양갈 보만 조워하데유!"

어머니가 기다렸다는 듯이 쏘아붙였다. 눈에서 불꽃이 번쩍 튈 지경이었다. 할머니는 갑자기 소나기를 만난 기분이어서 그저 벙벙하기만 했다.

"돈 생기문 지 마누라 지 새긴 눈에 안 뵈구, 양갈보한테 들 러 엎어진 게 누가 난 아들이래유?"

어머니가 뼈에 가시까지 박힌 말투로 말했다. 할머니가 고 개를 숙인 채 외로 꼬았다.

"씨부랄 눔!"

참지 못해 욕을 했다. 누구에게 퍼부은 욕인지, 욕을 내뱉은 할머니조차 아리송했다.

순이는 할머니와 생각이 달랐다. 어머니가 머리 모양을 바 꾼 것이 자랑스러웠다. 천사도 저런 머리였다. 천당 미국에서 사는 아이들은 모두 어머니처럼 머리가 보글거렸다. 순이는 제 긴 머리카락을 슬며시 손가락에 감아 잡아당겨 보면서 어 머니를 부러워했다.

순이는 어서 어른이 돼야지, 속으로 마음을 굳혔다. 뭐든 마음대로 할 수 있는 어른이 되면, 어머니처럼 돈이 있어도 과자를 사 먹지 않는 어른 말고 사탕과 과자를 실컷 사 먹는 어른이 되겠다고 결심했다.

그러나 할머니와 어머니, 두 어른은 서로 골이 나서 눈을 마주치지 않았다. 해야 할 말들이 있었지만 아무도 먼저 입을 열지 않았다. 어머니는 마음에서 '양갈보'라는 말이 떠나지 않아 후우, 하고 더운 숨을 자주 몰아쉬었다.

할머니가 훌쩍 일어났다. 순이는 할머니를 쳐다보았다. 할머니는 순이에게도 눈길을 주지 않고 문을 나섰다.

"시거든 떫지나 말지."

할머니 모습이 사라진 뒤에 어머니가 중얼거렸다.

"추석 차례라구 그기 무슨 내 조상이너?"

어머니가 투덜거렸다.

어머니는 점심때가 한참 지난 뒤 순이를 시켜 할머니를 불러오게 했다. 추석 대목장 보는 일을 더는 미룰 수가 없어서였다. 파장 전에 짬을 내서 나가 볼까 생각했지만 오줌 누러 갈 시간조차 없었다.

올해는 작년과 달리 옷감을 맡기는 사람들이 많았다. 술집과 음식점도 늘고 돈도 잘 돌았다. 대부분 군부대에서 외박이나 외출을 나오는 군인들, 구호물자와 수복 지구의 개발 덕분이었다.

아버지는 장날 밤에 돌아왔다. 거침없이 내딛는 발소리는 보나마나 아버지였다.

"아범이 오는 기네유."

할머니가 손을 멈추고 말했다.

박달나무 목침을 베고 누웠던 할아버지가 슬며시 일어나 앉았다. 이윽고 아버지의 발이 문턱에서 멎더니 쿵, 인기척이 들리고 문이 벌컥 열렸다. 차가운 바람이 휙 밀려들었다.

"아범 왔너?"

할머니가 아버지를 쳐다보며 짐짓 은근한 목소리로 물었다. 아버지는 왔다는 시늉으로 어물쩡 신음 같은 것을 흘리고 나서 순이에게 말했다.

"순이야, 일어나 봐라!"

순이보다 할머니가 먼저 부스스 일어나 아버지 손에 든 봉지를 받았다.

"맞을라너 몰르겠네."

아버지가 자리에 앉으며 중얼거렸다.

할머니는 봉지에서 바지와 스웨터를 꺼내 펴 보이며 "순이야, 니 우티다! 추석빔이다!" 순이보다 더 즐거워하며 소리쳤다. 순이는 아무 말도 하지 않고 바지와 스웨터를 잡았다. 너무 기뻐서 수줍기까지 했다.

"입어 봐!"

"입어 봐라."

아버지와 할아버지가 동시에 말했다.

순이가 옷을 입는 동안 아버지는 감동한 눈으로 딸을 바라보았다. 할머니는 계속 "그래두 아부지가 젤이네. 아부지가 젤이잖!" 중얼거렸다. 그러나 정작 순이는 부끄러웠다. 무언가 말할 수 없는 간지러움이 마음에서 아롱거렸다.

"좀 크너?"

아버지가 물었다.

"한창 크는 아덜은 낙낙하게 입히는 게 조워."

할아버지가 말했다.

순이는 붉어진 얼굴을 감추려고 고개를 숙인 채 몸을 웅크렸다. 빨리 옷을 벗고 싶었다. 할머니는 순이 마음과는 달랐지만 옷을 벗겨 주었다. 추석날 입어야 하기 때문이었다. 순이 목에서 벗겨 낸 스웨터는 구겨지지도 않았지만 주름 잡히지 않도록 잘 개었다. 바지도 생긴 대로 접어 포개서 선반에 얹었다.

"아범, 철이 것두 같이 샀너?"

할머니가 물었다.

"안죽 어린 게 옷이 멀 필요해유? 새옷이구 흔옷이구 분간두 못 할 텐데."

아버지가 무심히 말했다.

순이는 늘 그러듯 할머니 품에 안겨 잠들었다. 할머니는 순이가 먼저 잠이 들어도 순이를 당신 품에 안고 자 버릇했다.

할머니는 이내 고른 숨을 쉬다가 푸푸, 숨을 내쉬며 잠이 들었다. 아버지도 크으릉크으릉, 코를 골기 시작했다. 할아버지도 잠든 게 분명했다. 기척이 없었다.

순이는 자기도 모르게 잠이 깼다. 방 안이 고요하면 할수록 점점 더 정신이 말똥해졌다. 자꾸 아버지가 생각났다. 아버지에게 어떻게 해야 할지, 아버지를 좋아해야 할지, 지금처럼 피해야 할지, 갈피가 잡히지 않았다.

아버지는 순이를 귀여워하지만 무섭고 사나웠다. 종아리를 때리면 종아리에 회초리 자국이 시퍼렇게 남았다. 아버지가 매를 들고 눈을 부라리며 소리치고 회초리 든 손을 내리치려 할 때마다 순이는 조금씩 죽어 갔고, 조금씩 세상을 싫어하기 시작했고, 아버지라는 어른에게서 조금씩 멀어졌다. 모든 것이 저절로 그렇게 되어 갔다.

아버지……를 좋아해야 하는데…….

순이는 어머니를 때리던 아버지를 떠올렸다. 철이 손을 잡고 문 뒤에 숨어서 어머니가 매를 맞는 모습을 지켜봐야 하던 때, 가슴이 졸아들어 마른 생선 비늘처럼 되었던 날들, 어머니가 죽으면 어쩌나, 어머니가 죽으면 자기도 죽을 것 같던 때를 생각했다. 철이와 함께 달달 떨면서 아버지가, 너덜두 일루 와! 소리쳐 부를까 봐 공포에 질렸던 것이 잊혀지지 않았다.

내가 아버지 싫어하는 걸 아버지가 알면 안 되는데. 옷도 사 왔는데…….

순이의 걱정은 꼬리에 꼬리를 물었다.

아버지보다 어머니가 더 좋은데……. 아버지가 나를 이뻐하는 건 싫은데……. 어머니는 아무리 욕하고 때려도 아버지처럼 무섭지는 않은데…….

걱정에 걱정, 불안에 불안, 근심에 근심이 보태져서 순이는 아이답지 않게 잠을 이루지 못했다. 뒤척이면 자기가 잠들지 못하는 걸 어른들이 알까 봐 숨도 가만가만 쉬었다. 그러다 지치고 지쳐서야 겨우 혼수에 빠져들듯이 잠이 들었다.

이튿날 아침 순이는 일어나지 못했다. 할아버지와 아버지가 밥상에 마주 앉아 침묵하다가 문득 입을 열었을 때, 순이는 어른들이 나누는 이야기를 하나도 듣지 못했다. 아버지 입에서 순이가 아는 이름이 나온 것도 몰랐다.

아버지는 분이 아버지가 간첩으로 넘어왔다는 소문이 있다고 말했다. 밤중에 분이네 집에 들이닥쳐 이 잡듯 뒤졌지만 거기엔 없더라고 했다. 이북에서 간첩을 내려보낼 때 이남에 가족이 있는 사람을 추려서 그렇게 한다고 했다.

할아버지는 한숨을 내쉬었다. 미워할 수도 욕할 수도 없는 딱한 처지라고 생각했다. 이승만과 김일성이 없고, 미국과 소련이 없고, 삼팔선이 없고 전쟁이 없고 휴전선이 없다면 일어나지 않아도 되는 일이라고 생각했다.

할아버지와 아버지가 또다시 침묵할 때, 할머니가 물었다.

"간첩을 잡으문 돈 준다구 하던데, 아범 그 말이 맞너?"

할아버지가 혀를 찼다. 그러자 할머니도 그러는 할아버지가 마땅치 않아 눈을 살짝 흘겼다.

"어머이! 입 좀 조심해유. 함부루 말하지 말구유!"

아버지가 아이 꾸짖듯 말했다.

할머니는 금방 기가 죽었다. 남편에게 꾸중 들을 때보다 아들에게 들으면 더 움츠러들곤 하였다.

"자기 일이 아니문 당최 나스질 말어유. 누가 물어두 모른 척하구 지내는 기 상책인 거 몰러유?"

아버지가 다시 짜증스레 말했다.

"갖다 붙이문…… 그기 다 법인데……."

아버지가 중얼거렸다.

아버지는 우리네처럼 가진 것도 없고 딱히 내세울 것 없는 사람들은 그저 알아도 모르는 척 고개나 푹 숙이고 살아야 한다고 속으로 말했다. 아무리 콩으로 메주를 쑨다 해도, 그것을 높은 곳에서 인정하지 않으면 팥으로 메주를 쑤는 게 옳은 것이 된다는 걸 여자들이 알 턱이 없었다. 그래서 아버지는 할머니가 딱하고 걱정되었다.

"하여간에 나스질 말어! 개코두 모르는 기!"

잠깐 자리에 침묵이 감도는데, 갑자기 할아버지가 할머니를 쳐다보지도 않은 채 큰 소리로 쌀쌀하게 말했다.

할머니는 이래저래 코가 납작해졌다. 밥맛도 잃었다. 그러잖아도 방바닥에 내려놓고 먹는 밥그릇 때문에 할머니의 구부정한 등허리가 더욱더 찌부러졌다. 할머니 인생에서 남편과 아들의 핀잔보다 자신을 더 주눅 들게 하는 건 없었다. 속으로

씨부랄 눔들, 하고 욕해 보았자 할머니의 기가 살아나지는 않
았다.

14

순이는 무릎까지 내려오는 남색 통치마를 입고 엄지손톱만
한 분홍 꽃이 찍힌 저고리를 입었다. 저고리 바탕은 연분홍이
고 꽃송이는 진분홍이었다.

순이는 찻길을 건널 때 일부러 팔짝팔짝 뛰었다. 그럴 때마
다 치맛자락이 무릎과 종아리와 허벅지를 간질였다. 아침저녁
으로 서릿바람이 불었지만 추위 따위는 아무것도 아니었다.
아궁이의 장작 숯불을 끌어내고 그 위에 석쇠를 얹어서 구운
취 찰떡 한 토막은 벌써 다 식었어도 속은 아직 말랑거렸다.

순이는 성당의 언덕길을 올라갔다. 갑자기 바람이 휘익 불
어 순이의 치마를 둥그렇게 말아 올렸다. 순이는 킥킥대며 웃
고는 한술 더 떠서 둥그렇게 말려 올라간 치마가 제자리로 돌
아오기 전에 맴을 돌았다. 어지러워서 비틀거릴 때까지 그렇
게 했다.

통치마를 입은 추석날 아침부터 어머니와 할머니는 순이의
앉음새를 자꾸만 꾸짖었다. 아무렇게나 펄썩거리고 앉으면 빤
쓰가 보인다는 것이었다. 순이는 빤쓰가 보이는 게 왜 나쁜 건

지 도무지 이해를 할 수 없었다. 그리고 그것을 이내 잊었다.

성당에 가는 건 오랜만이었다. 한번 가기 시작하면 하루도 거르지 않고 가다가도 딴 데 맘이 팔리면 성당이나 영이를 잊었다. 순이는 가게에 나가 철이와 놀다가 장거리에 사는 아이들과 사귀었다. 오른쪽 뺨에 새끼손톱만 한 점이 있는 점순이, 명순이라는 이름을 두고도 머리가 노랗다고 아무도 이름을 불러 주지 않는 노랑대가리, 아버지가 없는 복남이, 아버지 어머니가 남동생만 데리고 이북으로 올라가는 바람에 고모네 집에 얹혀사는 옥자였다.

옥자는 얼굴이 늘 노랬다. 머리숱도 많지 않았다. 노란 유릿조각만 보면 엿이라고 먹는 시늉을 했다. 얼굴은 버짐이 먹어 여기저기가 희끗희끗했다. 아이들은 늘상 옥자를 따돌렸다. 사방치기나 땅따먹기를 하다가 옥자가 이기기만 하면 빨갱이라고 손가락질하고 머리카락을 잡아 뜯기도 하였다. 고아로 남은 빨갱이 자식한테는 그렇게 해도 어른들이 나무라지를 않았다. 그런데도 옥자는 울지 않았다.

순이는 수녀님과 할머니들이 요리문답 공부하는 소리가 흘러나오는 방 앞을 지나 영이네 집으로 갔다.

"영이야!"

순이는 작은 소리로 불렀다. 그러나 두 숨을 쉴 때까지도 방 안에서는 아무 기척이 없었다.

"영이야, 노올자아!"

이번에는 손바닥으로 입가를 가린 뒤 문에 입을 대고 조금 큰 소리로 불렀다. 그래도 기척이 없긴 마찬가지였다. 이상했다. 영이가 없녀? 순이는 이런 생각이 들자 가슴이 철렁 내려앉았다. 영이가 없으면 그다음엔 어떻게 해야 할지 갑자기 막막했다. 언제나 그랬다. 여기에 와서 영이를 만나지 못하면 어디로 가서 놀아야 할지, 무엇을 할 수 있을지, 앞이 캄캄하고 불안했다.

순이는 이가 맞지 않는 문 틈서리에 눈을 댔다. 그러다가 화들짝 놀라 뒤로 물러나며 자빠질 뻔했다. 문틈 저쪽에서 까만 눈동자가 순이를 보고 있었다. 영이가 틀림없었지만, 영이라고 해도 섬뜩했다.

자기네 집에 견주면 형편없이 낮고 좁은 뜰방의 끄트머리에 간신히 발을 대고 선 순이는 침묵했다. 돌아가야 할지, 이대로 서서 영이가 문을 열 때까지 기다려야 할지 갈팡질팡했다. 그냥 돌아가면 영이와 다시는 놀지 못할 것 같았다.

순이는 발끝으로 뜰방의 흙을 팠다. 메마른 흙은 금방 가루처럼 파여서 한 줌이나 되게 모였다.

이때 문이 손마디 하나쯤 빠끔히 열렸다.

"안 놀어! 가, 이 간나야!"

영이가 문틈으로 말했다. 우울하고 착 가라앉은 목소리였다. 순이는 영이가 말을 한 것만으로도 좋아서 문 앞으로 다가섰다.

"니…… 왜서?"

순이가 물었다.

영이는 대답하지 않았다. 그리고 순이의 눈을 마주 보다가 눈길을 아래로 내렸다.

"왜서? 어디 아프너?"

순이가 물었다. 그리고 문을 잡아당겼다. 문이 헐겁게 열려서 영이의 모습이 다 보였다. 그러자 영이는 기다렸다는 듯이 문을 힘차게 잡아당겨 닫아 버렸다. 순이의 눈앞에는 문짝만 남았다.

왜서? 왜서 그리너? 어디 아프너? 혼났너? 누가 때랬너?

순이는 문짝을 바라보며 속으로 마구 물었다.

울고 싶었다. 불안했다. 순이가 모르는 일이 영이에게 일어났다는 게 무서웠다. 그 일을 영이가 비밀로 해서 더 불길하고 두려웠다.

다시 헝클어진 시간이 지났다. 문이 빠끔히, 다시 열렸다.

"가! 개간나야!"

영이가 모질게 뱉었다.

순이는 고개를 숙였다. 그리고 한동안 그 자리에 서 있다가 돌아섰다.

순이는 소리 없이 울며 성당 마당으로 올라가는 길에서 발을 멈췄다. 향나무는 그대로 서 있고 마당도 그대로였다. 마당 동편 언덕 아래에서는 아이들 노랫소리가 바람에 이리저리 날아다녔다. 퐁당퐁당 돌을 던져라…… 냇물아 퍼져라…….

바람이 성당 북쪽에서 오동나무 잎사귀를 쓸어다가 앞으로
버려 두고는 사라졌다. 바람에 굴러다니는 건 갑자기 비가 올
때 순이와 영이가 우산처럼 머리를 가리는 오동나무 잎만이
아니었다. 마른 강아지풀, 미루나무 잎도 이리저리 쓸렸다. 하
얗게 보푸라기를 인 쑥꽃도 뒹굴었다. 순이는 쑥꽃을 빤히 바
라보다가 갑자기 입을 실룩거렸다. 엉엉 울고 싶어졌다. 그저
울고 싶은데 어느새 짠 눈물이 입술 사이로 찝찔하게 스며들
고 있었다.

순이는 막막함에 떠밀려 성당 언덕길을 내려왔다. 한 손에
는 영이에게 줄 구운 떡이 아직도 들려 있었다. 순이는 떡을 바
라보다가 또 눈물을 줄줄 흘렸다. 그러나 다시 올라갈 수는 없
었다. 영이야, 니 이 떡 먹어! 이렇게 말할 수는 없었다. 영이
가 가라고 소리치면, 그런 떡 누가 먹는데? 하고 문을 쾅! 닫
아 버리면……. 순이는 엉엉 울었다. 언덕을 올라갈 때처럼 바
람이 순이의 치마를 홀러덩홀러덩 추켜올려도 웃지 않았다.

그러나 순이는 방 안에 갇힌 영이도 순이를 그리워한다는
것, 울고 있다는 것은 상상도 하지 못했다. 영이가 학교 앞 구
멍가게에서 사탕을 훔쳐 먹다 걸렸다는 것, 이번이 처음이 아
니라는 것, 가게 주인 할아버지가 영이의 팔목을 틀어잡고 영
이 아버지를 만나러 성당까지 왔었다는 것, 그래서 영이 아버
지가 금족령을 내렸다는 걸 순이는 전혀 몰랐다.

순이는 벽돌 무더기를 바라보았다. 그곳에서 집을 짓고 혼자 놀다 보면 영이가 내려올지 모른다는 생각이 들었다. 순이는 문득 떠오른 제 생각에 혼자 기뻐하며 벽돌 무더기의 맨 위와 뒤쪽과 앞을 두루 바라보았다. 뒤쪽에 가서 웅크리고 숨으면 어른들도 찾지 못했다. 영이가 슬슬 내려오면 거기 가서 숨어 있다가 얏! 하고 놀래켜야지, 생각했다.

순이는 뜀박질을 해서 벽돌 무더기 쪽으로 갔다. 그러다가 어느 순간 동네로 이어진 작은 샛길로 눈길이 갔다. 누렇게 주접이 든 호박 넝쿨 사이로 길이 있었다. 길 뒤편으로 나지막한 초가집 추녀와 지붕이 보였다. 지붕 위에는 둥근 박이 누워 있었다.

순이는 발걸음을 멈췄다. 호기심과 두려움과 그리움 같은 것이 뒤범벅되어 순이의 마음을 간질였다.

짧은 시간이 흘렀다.

분이네를 두고 어른들이 어수선하게 의견을 나눈 일이 순이한테는 기억나지도 않고 인상이 깊지도 않았다. 그런데도 지금 순이는 분이에게 가는 걸음이 선뜻 내키지 않았다. 그렇다고 아주 지나치게 되지도 않았다. 그저 심심하고, 슬프고, 쓸쓸하고, 무언가 뒤에서 잡아당기는 것 같았다. 순이의 등 뒤에서, 순이의 마음 뒤편에서 사뭇 망설이게 하는 것이 성당인지, 영이인지, 할머니의 음산한 표정인지, 그 모든 것이 뒤섞인 것인지 알 수 없었다.

낮은 돌담에서 호박잎들이 순이 쪽으로 와사삭 눕다가 이내 반대쪽으로 몸을 틀곤 하였다. 순이는 흙모래가 종아리를 툭툭 치고 흘러내릴 때마다 파리를 쫓듯 다리를 흔들었다. 맨종아리에 오슬오슬 소름이 돋고 허옇게 살비듬이 솟았지만 아직 견딜 만한 추위였다.

순이는 천천히 발걸음 소리도 나지 않게 돌담 사이로 다가섰다. 순이의 눈길이 누런 초가지붕 위의 박을 하나 둘, 셋, 하고 헤아렸다. 마당은 순이네와는 비교할 수도 없을 만큼 작고 마당의 흙은 하얗게 말랐으며 크고 작은 돌멩이도 많았다. 두 개의 방문과 방문보다 낮은 곳에 있는 부엌문은 모두 닫혀 있었다. 사람이 살지 않는 집 같았다.

순이는 변소 곁으로 살금살금 걸어서 점점 안으로 들어섰다. 조롱박 넝쿨이 올라간 변소는 헛간처럼 아주 작았다. 변소에서 뒤쪽으로 돌아갔다. 크고 작은 항아리 몇 개가 놓인 장독대가 보였다. 불타지 않고 폭격도 맞지 않은 장독대였다. 그 옆으로 샛노란 열매가 주렁주렁 달린 꽈리가 여러 포기 있었다. 순이는 갑자기 꽈리가 반가웠다. 꽈리는 장거리의 옥자네 집에도 있었다.

순이는 장독대 곁에 웅크리고 앉았다. 인기척도 없이 조용한 집이지만 순이는 숨소리를 죽인 채 꽈리를 땄다. 하나만 따려 했는데 저절로 자꾸만 따게 되었다. 순이 치마폭에는 꽈리가 벌써 여남은 개나 담겼다. 순이는 볕을 품어 차갑지 않은 쑥돌에 엉덩이를 대고 앉아 꽈리 껍데기를 깠다. 그중에 잘 익은 꽈리를 잇새에 넣었다. 꽈리가 잇새에서 자꾸만 미끄러졌다.

나쁜 꽈리!

순이는 꽈리를 욕하고 손가락에 힘을 준 뒤 이로 터뜨렸다. 꽈리 즙이 입안으로 퍼지고 바깥으로도 터져서 치마와 저고리에까지 묻었다. 순이는 제 옷에 붙은 푸릇푸릇한 꽈리 씨를 보며 킥킥 웃었다.

이때였다. 뒤란으로 난 방문이 바람보다 더 빠르고 조용히 열렸다. 아주 조금 열린 방문 틈으로 이상한 눈, 이상한 얼굴이 보였다. 털과 하얀 얼굴 따위가 순식간에 순이의 뇌리에 박혔다가 사라졌다. 그런데 순간, 분이가 문틈을 벌리고 거짓말처럼 나타났다.

순이는 자지러들었다. 죄를 지은 기분이었다. 도망가고 싶은데, 엉덩이가 쑥돌에 달라붙어 도무지 떨어지지를 않았다.

분이가 뒤란으로 나왔다. 분이는 양말을 신고 있었다. 분이 할머니가 조각 천을 모아 만들어 준 양말 같은 버선이었다.

"니…… 나…… 아너?"

분이가 아직도 꿈쩍 못하고 있는 순이 앞으로 다가와서 우뚝 멈춰 선 채 나직이, 무거운 목소리로 물었다. 분이는 자기 할머니 손을 잡고 순이네 마당으로 들어올 때의 그 애 같지가 않았다. 왠지 순이보다 키도 크고 나이도 많은 성아(언니) 같았다. 순이는 겁먹은 손길로 터지지 않은 꽈리를 입에서 빼냈다.

"니…… 일루…… 누가 오라구…… 그랜?"

분이가 물었다.

순이는 분이가 묻는 말을 이해할 수 없었다. 그래서 무턱대고 치마 속에 든 꽈리들을 죄다 장독대 위에 올려놓고 치마를 털어 보였다.

"꽈리 따러 완?"

다시 분이가 물었다. 야위어 보이는 모습과는 달리 목소리는 강하고 칼칼했다. 눈빛에는 의심과 경계심이 슬픔처럼 두려움처럼 숨겨져 있었다.

"아이야."

순이는 고개를 숙이고 잔뜩 겁먹은 목소리로 아니라고 말했다. 맨 처음 분이와 눈을 마주친 뒤로는 고개를 들지 못했다. 그저 속으로, 날래 가야지, 생각만 했다.

"가!"

분이가 한참 있다 조용히 말했다. 순이는 정신이 번쩍 났다. 고개를 훌쩍 들었다. 분이와 눈이 마주쳤다.

"다 가주가."

분이가 꽈리를 순이에게 내밀었다.

"말캉?"

순이가 모두 가져도 되느냐고 물었다. 분이가 고개를 끄덕였다. 순이는 분이 손에서 꽈리를 잡다가 두 개나 바닥에 떨어뜨렸다. 그래도 괜찮았다. 손에 남은 것만도 많았다.

"이거 가주가!"

돌아서려는 순이에게 분이가 땅에 떨어진 꽈리를 주워 올리며 말했다. 순이는 발을 멈췄다가 휙 돌아보고는 그냥 도망치듯 달렸다.

순이는 꽈리만 생각했다. 순이는 길가에 쪼그리고 앉아 꽈리를 한 번 세고 또 세다가 벌떡 일어섰다. 장거리 쪽으로 부지런히 걸었다. 제 집 장독대 곁으로 수두룩한 꽈리를 한 개도 따지 못하게 하던 옥자에게 자랑하고 싶었다. 옥자는 집 앞에 혼자 오도카니 앉아서 공깃돌 다섯 개로 놀고 있었다.

순이는 옥자 앞에서 꽈리를 자랑했다.

"니 이거 어디서 훔쳤지?"

옥자가 다짜고짜 말했다.

쌍꺼풀 지지 않고 기름하게 위로 올라간 눈초리가 더욱 사나워 보였다. 버짐이 허옇게 퍼진 얼굴에 눈초리만 사나웠다. 순이는 말을 하지 못했다. 안 훔쳤어! 해야 할 텐데 입술만 삐뚤빼뚤거렸다.

"도둑질하는 간나야!"

옥자가 날카롭게 말하고 순이의 손을 탁 쳤다.

그러자 순이의 머릿속에 갑자기 문틈으로 보였던 이상한 눈동자, 털이 부숭부숭하던 얼굴이 떠올랐다. 제대로 보지도 못했는데 제대로 본 것처럼 형상이 또렷하게 그려졌다.

"어디서 훔쳤는지 말 안 할란?"

옥자가 계속 추궁했다.

순이는 가슴이 벌렁거렸다. 정말 어디서 훔친 것 같았다.

"아이여!"

순이가 울먹이며 대답했다.

"이걸 누가 다 줬단 말인?"

"그래!"

순이가 눈물을 후드득 떨어뜨렸다.

옥자가 냉정한 얼굴을 했다. 옥자는 점순이나 복남이한테는 꼼짝도 못했다. 그런데 순이에게는 제 마음 내키는 대로 함부로 대했다. 지금도 점순이와 복남이는 옥자만 떼어 놓고 둘이 둘남이네 집에서 놀고 있었다.

"누가? 너 대 봐!"

"저짝에 사는 분이라구……."

"분이? 저짝 어디멘데?"

옥자가 한결 서슬이 가라앉은 목소리로 물었다. 그리고 히죽 웃음을 흘렸다. 순이는 옥자가 흘린 웃음을 놓치지 않았다. 순이도 히죽 웃고 나서 분이네로 가게 된 것, 그것도 영이 때문인 것, 영이에게 잘못한 것도 없는데 안 논다고 해서 서러웠던 것을 기분 내키는 대로 이리저리 꾸미기도 하고 건둥 잘라 내기도 하면서 말했다.

옥자는 순이가 하는 말이 어떤 것이라도 좋았다. 복남이와

204

점순이에게 서운하고 분해서 맺혔던 마음이 슬그머니 다 풀어졌다. 둘은 함께 공깃돌을 받았다. 공깃돌을 하나씩 잡다가 나중엔 다섯 개를 모두 손등에 올려놓아야 했다. 공깃돌 받기는 옥자가 더 잘했다.

"분이네 집에 이상한 사람 산다?"

공깃돌을 받다가 순이가 무심결에 말했다. 옥자가 손을 멈추고 순이를 빤히 바라보았다. 옥자는 누런 얼굴의 버짐이 가려워 손톱으로 꼭꼭 눌렀다.

"얼굴에 털이 잔뜩 났어. 옥자 니두 그런 사람 봤너?"

순이가 호기심으로 부풀어 오른 목소리로 말했다.

"그딴 사람이 어딨다구 그리너? 니 눈깔이 잘못 본 기여."

옥자가 잘라 말했다.

순이는 더 말하지 않았다. 옥자가 잘못 봤다고 그러니까, 정말 잘못 본 것 같았다. 세상에 그런 사람은 없을 것 같았다. 그래서 훌쩍 일어서서 옥자를 내려다보며 큰 소리로 말했다.

"거짓뿔이지! 거짓뿔이지! 얼라리꼴라리……"

순이는 거짓말이라고 노래 불렀다. 팔짝팔짝 뛰었다. 치맛자락이 홀렁홀렁 추켜 올라가고 펄럭거리는 게 재미있었다. 옥자도 순이를 보고 깔깔 웃었다.

이튿날 읍내에는 소문이 파다했다. 어른들은 만나기만 하면 가만가만 그 일을 이야기했다. 옥자네 고모부가 간첩을 신고해서 성안말 분이네 아버지가 잡혔다는 이야기였다. 분이 아버지를 숨겨 놓고 신고하지 않은 죄로 분이 할머니와 어머니도 함께 잡혀가고, 혼자 남은 어린 분이는 아무도 맡아서 길러 주려는 일가친척이 없어 결국 다시 고아원으로 가게 되었다는 소문이었다.

그러나 순이는 이 소문을 듣지 못했다. 어른들이 아주 작은 소리로 수군거린 탓도 있지만, 아이들은 어른들의 비밀이 알고 싶지 않았다.

순이가 분이네로 다시 가게 된 건 김장을 끝낸 뒤 메주콩을 삶던 날이었다. 순이는 삶은 메주콩을 바지 주머니에 잔뜩 넣고 공터로 갔다. 어제 저녁 공터에서 영이와 헤어질 때 거기에서 다시 만나기로 약속했었다. 그런데 영이가 나와 있지 않았다. 순이는 추워서 동동거리며 아끼고 아끼는 메주콩을 한 알씩 입에 넣고 오물거렸다. 영이가 오면 주려고 아끼는 것이었다.

분이가 생각난 건 영이가 오지 않아서였다. 서리 맞고 말라 비틀어진 호박 넝쿨 줄기가 죽어 가는 뱀처럼 돌담 위에 걸쳐져 있었다. 순이는 샛길로 들어서다가 문득 걸음을 멈췄다. 분이네 방문이며 부엌문이 모두 뜯겨 나가고, 초가의 이엉도 이가 빠진 듯이 뜯겨 있었다.

순이는 뒷걸음질을 쳤다. 까맣게 잊고 있었던 그 털북숭이 얼굴과 눈동자가 떠올라 집으로 헐레벌떡 도망쳐 왔다.

"할머이! 할머이!"

순이가 부엌으로 달려 들어가며 소리쳤다.

"요녀러 간나, 니 할미 안 죽었다!"

할머니가 커다란 주걱으로 때릴 듯한 시늉을 하며 소리쳤다. 절구에 메주콩을 빻던 할아버지가 킁! 콧김을 냈다.

"니 뭘 봤? 무수운 기 있너?"

할아버지가 느릿느릿 물었다. 할머니는 절구 확 위로 올라온 콩을 손으로 쓸어 넣으면서 순이가 괜히 오두방정을 떤다고 혼잣말을 했다.

"분이네 집이 다 헐렸어유."

순이가 숨 가쁜 목소리로 말했다.

"거긴 왜서 갔너?"

할머니가 눈을 흘기며 말했다.

순이는 아무것도 모른 채 무서웠다. 가슴이 써늘해졌다. 바깥으로 나가고 싶지도 않았다. 아무리 할머니가 야단을 쳐도 부엌에만 있어야겠다고 생각하고 아궁이 앞에 앉아서 탁탁 소리 내며 타오르는 붉은 장작불을 가만히 들여다보았다.

"그 집은…… 아주 옮어졌다!"

할아버지가 나직이 말했다.

순이는 슬며시 할아버지와 할머니를 번갈아 쳐다보았다. 그리고 너무 무서워서 더 묻지도, 기억하지도 않았다. 순이의 마음이 분이를 삼켰기 때문이다. 순이는 분이를 두려움으로 뭉쳐서 자기 콩팥 속에 넣어 버렸다.

15

대청봉이 머리에 허연 모자를 썼다. 읍내에서는 추적추적 내리던 비가 나중에 진눈깨비로 바뀌었을 뿐인데 대청봉은 허연 눈을 뒤집어썼다. 할아버지는 올해 첫눈이 사흘이나 일찍 왔다고 했다. 할아버지는 눈이 언제 왔는지, 바람의 성질이 어떤지, 봄날의 냉기와 더운 기운의 차이를 잘 알았다. 언제 꽃이 더디 피었고 일찍 피었는지 기억했다. 태어나서 자라고 늙어 가는 동안 산골 마을에서 살았는데, 그곳을 떠나 번잡한 읍내에 산 건 모두 다섯 해도 되지 않았다.

할아버지는 대청봉에 눈이 내렸건 말건 어두운 새벽길을 나서서 산골로 갔다. 할아버지가 집을 나서야 하는 시간을 너무나 잘 아는 할머니는 일찌감치 일어나 밥을 지었다. 강낭콩을 잔뜩 둔 감자밥에 된장과 김치를 따로 싸서 할아버지의 망태기에 넣어 주었다.

할머니는 할아버지 마음이 벌써 이곳을 떠났다는 걸 알고 있었다. 할아버지가 결정한 대로 살아야 하는 할머니는 하루하루 날이 가는 게 서운하고 서러웠다. 울지는 않아도 얼굴에는 울음이 말갛게 찼고, 눈에는 넘쳐흐르지 못하는 눈물이 질척하게 고여 있었다.

"산 귀신이 썬 영감탱이! 삼신이 잘못해서 생겨 먹은 미련 곰탱이! 산도깨비 첨지!"

할머니는 혼자 밥을 하다가, 나물을 삶다가, 속옷을 주물러 빨다가, 물동이를 이고 우물로 오가다가, 불쑥불쑥 내뱉곤 하였다.

그러나 할아버지의 얼굴에는 점점 윤기가 돌았다. 쉰이 넘은 나이에 하루 70리 길을 걷고 돌아올 때마다 삼태기에 이것저것 잔뜩 담아 가지고 왔다. 소나무 밑에서 판 하얀 복령, 살이 통통하게 찐 암칡뿌리, 그리고 어떤 날은 산토끼도 잡아 왔다. 순이는 산토끼를 키우고 싶었지만 어른들은 그날로 잡아서 볶아 먹어 버렸다. 복령과 좋은 칡뿌리는 한약방에 팔았다. 파는 건 모두 할머니가 했다.

설이 다가오고 있었다. 햇볕도 생기를 되찾아, 양지쪽에 앉아 있노라면 아무 데고 내려앉아 자글자글 노래했다. 이맘때면 골짜기 얼음도 풀려서 물이 졸졸졸졸 흘렀다. 할아버지의 망태기에는 양지쪽에 돋은 나물들도 조금씩 들어 있었다.

요즘 어머니는 밀려든 설빔 바느질에 잠이 부족한데도 자주 집에 왔다. 술도 담그고 두부도 만들고 감주도 담가야 했다. 그런 건 전부 할머니가 할 수 있었지만, 어머니는 자신만 믿었다.

"어멈아!"

그날은 두부를 만드는 날이었다. 부엌에서 콩 삶는 아궁이에 장작을 넣으며 할머니가 어머니를 불렀다.

"순이 저 간나를 델구 가문 안 될라너?"

할머니가 어머니에게 물었다.

이 말을 어머니에게 묻는 건 처음이었다. 하지만 순이는 헤아릴 수도 없이 많이 들었던 말이다. 특히 잠잘 때, 할머니는 순이 몸을 강아지 어루만지듯 더듬으며 묻곤 하였다. 니, 할미랑 산에 가서 살자, 응? 순이는 할머니의 입 냄새와 달큰한 콧김과 자신을 더듬는 거친 손이 싫어서 홱 돌아눕곤 했다.

"대관절 정신 있어유? 순이가 내년에 학교 가야 하는 거 몰러유?"

어머니가 버럭 화를 내며 큰 소리로 말하자, 할머니는 주눅이 들어 자라처럼 목을 움츠렸다.

"순이를 어머니처럼 만들래유?"

어머니가 할머니에 대한 경멸감을 감추지 않고 말했다. 그래도 꾹 참는 말이 있었다. 낫 놓고 기역 자도 모르는 당신처럼 만들겠느냐는 말이었다.

그러나 할머니는 어머니가 무슨 말을 해도 모욕을 느끼지 않았다. 그저 성질이 더러워서 그러려니 했다. 순이와 정이 옴팡 들어서 떨어지기 싫었다. 산골은 사람이 사무치게 그리워지는 곳이라서 말동무로 데려가고 싶을 뿐이었다. 잘 때도 순이를 가슴에 폭 담으면 오만 근심이 사라졌다. 남편이나 아들, 며느리와는 비교할 수 없는 따뜻함과 넉넉함이 느껴져서 할머니는 부러울 것 없는 기분에 젖어들곤 했다. 그런 마음은 누구에게도 설명이 안 됐다. 아무도 할머니 마음을 모르기 때문이었다.

"거기서 뭘 보구 배워유? 사람은 서울루 보내구 망아지는 제주도루 보내란 말이 달래 있어유?"

어머니는 평소에 쌓인 불만을 기회만 닿으면 할머니에게 퍼부어 댔다. 남편의 매가 무서워서 할 수 없었던 말, 할아버지가 어려워서 못했던 말을 모조리 할머니에게 쏟아붓는 것이었다. 이렇게 쏟아부으면 꼭 한잠 푹 자고 난 것처럼 속이 개운해지고 일도 잘됐다.

할머니는 침을 꼴깍 삼켰다. 그리고 또 꼴깍 삼켰다. 침 삼키는 소리가 어머니와 순이 귀에도 들렸다. 할머니는 코를 훌쩍훌쩍 들이켜다 앞치마를 당겨 코를 풀고는 곧 부엌을 나갔다. 다리가 짧아 걸음이 종종거렸다.

할머니는 변소에 가서 먼지를 뒤집어쓴 가느다란 거미줄을 바라보며 훌쩍훌쩍 울었다. 며느리가 자신을 업신여기는 건 아무것도 아니었다. 자꾸만 정월 대보름이 바로 내일로 다가온 것 같고, 그날이 지나면 당장 옷 보따리 싸서 이고 지고 떠날 게 뻔해서였다.

할머니는 잠깐 엉엉 소리 내어 울다가 또 소리 없이 울다가 앞치마로 얼굴을 싹싹 문질러서 운 티를 모두 없애고 부엌으로 들어갔다.

"뭔 똥을 오래두 누네유."

삶은 콩을 갈려고 맷돌과 망을 꺼내 함지에 차리던 어머니가 할머니를 힐금 쳐다보며 말했다. 할머니는 대꾸하지 않았다. 부글부글 끓으며 비린내를 풍기던 콩에서 그새 구수하게 익는 냄새가 올라오고 있었다.

"할머이, 언제 다 되너?"

아궁이 앞에 앉아서 언제 숯불에 감자를 묻나, 목을 빼고 기다리던 순이가 물었다.

"콩더러 물어봐야 알지."

할머니가 다시 코를 훌쩍이며 뜨악하게 말했다.

"고뿔이 쉬기 전에 백도라지 드세유. 아버니가 캐 온 거 팔었어유?"

어머니가 물었다.

할머니는 대꾸하지 않았다. 어머니가 잠깐 한숨을 쉬고 웃었다.

"아가 따루 옳네유."

어머니가 중얼거렸다.

"내가 아가 아니문 니가 그렇게 하너!"

할머니가 먹먹한 말소리로 내쏘았다. 어머니가 또 웃었다.

"아이구우, 어무니두. 그럼 지가 화나문 누구한테 화풀이해유? 시어무니 믿구 그리는 거 진정으루 몰르세유? 아덜이야 때리구 욕해 봤자, 아덜이 으른 맘을 짐작이나 해유? 아이구우 참, 어무니두. 어찌 그리 맘이 늙지를 않어유?"

어머니가 하던 일손을 내려놓고 마음 잡고 말했다. 할머니가 물을 빨아들이는 솜처럼 잠시 침묵한 끝에 이렇게 말했다.

"날 믿어서 그리너? 만만하니 그리지!"

"만만한 기 믿는 거래유. 떡을 줘야 믿는 거래유?"

"그렇게 믿었다간, 야, 잡아두 먹겠다!"

할머니가 소리쳤다. 하지만 목소리가 아까처럼 먹먹하지도, 앙칼지지도, 가라앉지도 않았다. 어머니는 이번엔 아주 드러내 놓고 하하하, 웃었다. 웃음소리가 부엌 천장을 가로지른 대들보와 서까래에 닿기 전에 할머니도 더는 참지 못하겠다는 듯이 키득키득 웃고 말았다.

순이는 할머니와 어머니를 번갈아 바라보며 빙긋 웃었다. 어른들이 왜 화를 내다가 웃는지, 왜 저도 모르게 입이 벙글어지며 웃음 짓게 되는지 몰랐다. 그저 빨리빨리 콩이 익어 아궁이에 감자를 묻었으면, 감자가 다 익어 껍질을 벗기고 홀홀 불며 따뜻하고 뽀얀 분가루를 살금살금 베어 먹었으면 하고 바랐다. 그러면 꼭 꿀잠을 자는 것처럼 마음이 푸근해질 것 같았다. 불에 구워 먹는 감자는 순이가 가장 좋아하는 거였다.

다 삶아진 두부콩을 갈아 가마솥에 끓이고 간수를 넣고 네모진 틀에 베 보자기를 깔아 두부를 눌러 놓고 비지로 국을 끓이고, 또다시 날이 바뀌어 설음식을 준비하는 동안 할머니와 어머니는 그 어느 때보다 마음이 잘 맞았다. 게다가 어머니는 한복감을 끊어 할머니 설빔까지 새로 지었다. 할머니는 번들번들 윤기가 도는 매끄러운 공단 치마저고리를 난생처음 받아

보고 눈물을 글썽거렸다.

설날에 어머니는 할아버지에게 송아지를 한 마리 사 드리겠다고 말했다. 할아버지는 좋다 싫다 대답하지 않았지만, 얼굴은 고마움과 대견함과 기쁨으로 출렁거렸다.

16

어머니는 장거리 가게를 팔고, 재봉틀만 집으로 가져왔다. 하지만 일을 아주 그만둔 것은 아니었다. 처음엔 일을 그만두고 살림만 하겠다고 했다. 하긴, 이제 살림만 해도 살 만했다. 가게 판 돈과 어머니가 모아 놓은 돈까지 가져가서 아버지가 사업을 시작했기 때문이다. 아버지가 사업을 하겠다는 말은 오래 전부터 있었다. 예전부터 알고 지낸 타지 사람이 속초에서 사업을 시작하는데, 거기에 아버지도 한몫을 한다고 했다.

아버지가 이 말을 처음 꺼냈을 때 어머니는 일단 기뻐했다. 농사꾼 남편이나 건달 남편보다 사업하는 남편이 얼마나 근사할까, 상상만 해도 좋았다. 더욱이 아버지가 농사에 맞지 않는 사람이라는 건 이미 할아버지가 제대로 파악하고 있었다. 농사는 부지런하고 기다릴 줄 알고 자연을 믿는 마음이 있어야 하는데, 아버지는 성미가 급하고 화를 잘 내고 마음에 들지 않으면 포기부터 하는, 무책임하고 어린 마음을 가졌다는 것이

214

었다. 어머니도 할아버지의 이런 말을 믿었다. 그래서 지금 이 기회에 일을 시작하지 않으면 '양갈보'와 바람이나 피우고 건달로 익숙해질까 두려웠다.

그러나 할아버지는 아버지가 사업도 할 수 없다고 생각했다. 사업도 장사인데, 장사를 하려면 사람을 속일 줄도 알고 거짓말도 할 줄 알고 남한테 매정해야 한다. 그런데 당신 아들은 무엇보다 사람 속이는 걸 가장 싫어하고 또 그럴 줄도 모르며, 냉정하지도 못하고 아쉬운 사람한테 굽실거리는 건 더더욱 못하니 기술이나 배워야 한다는 것이었다. 농사도 기술이지만 땅과 하늘에 목숨을 붙인 것들과 어울리는 기술이 아니라 사람이 만든 기술을 배워야 한다고 생각했다.

분수를 모르면 나이를 먹어도 헛먹는 것이어서 할아버지는 늘 아버지가 걱정스러웠다. 언제 철이 드나, 언제 철이 들어 집 안을 거느리나, 할아버지는 같은 남자로서 아버지로서 여간 근심이 아니었다. 그러나 일단 몇십 리 떨어진 곳에 사는 것만도 다행으로 여겼다. 눈에 안 보이면 마음도 멀어지고 근심도 엷어지니까.

아버지는 사업가답게 양복을 빼입고 넥타이를 매고 다녔다. 날이 추울 때는 양복 위에 외투를 입었다.

순이도 아버지가 자랑스러웠다. 그러나 집이 좋지는 않았다. 할머니와 할아버지가 산골로 떠난 뒤로 어머니와 아버지, 철이와 함께 사는 생활이 익숙하지 않았던 것이다. 철이는 늘 징징거리며 함께 놀려고 했고, 어머니는 자질구레한 심부름을 쉬지 않고 시켰다. 시장에 나가 사 올 물건들은 순이가 도맡아야 했다. 순이는 어머니가 심부름을 시킬까 봐, 공연히 미워할까 봐, 밥만 먹으면 부리나케 집을 나왔다. 철이가 붙잡고 함께 놀려고 제아무리 기를 써도, 순이는 잽싸게 도망치곤 하였다.

그러나 어머니가 살림만 하는 생활은 겨우 한 달 반으로 끝났다. 아버지가 동업자에게 사기를 당한 것이다. 아버지는 한 달 만에 집에 돌아왔다. 그것도 한밤중에.
순이는 잠결에 이상한 소리를 들었다. 선뜻한 기운에 잠이 확 깼다. 그러나 다른 날처럼 이불을 휙 들추지는 못했다.
"……바닷물에 빠져 죽을까, 기차 바쿠에 치여 죽을까…… 순이 철이 철모르는 것덜 두구 갈 생각을 하니…… 나한테 시집 와서 한 번두 호강 못한 당신, 고생만 하는 당신이 걸레서 맘이 약해져서 그만……."
아버지가 울면서, 목이 메어 자주 말을 끊으며 이야기했다.
순이는 숨이 크게 쉬어질까 봐 입술을 깨물었다. 아버지가 운다……, 아버지가 운다……. 순이는 학교 교실 마룻바닥 밑에 산다는 달걀귀신이나 변소에 산다는 보자기귀신, 그리고 지붕에 산다는 구렁이 이야기를 들을 때보다 더 으스스했다.
"죽긴 왜서 죽어유. 그럴수록이다가 악착같이 살어야지유."

어머니가 조금 들뜨고도 차가운 목소리로 말했다.

"당신이 잠두 못 자구 번 돈인데⋯⋯. 나두 남덜처럼 처자식 호강시케 보구 싶어서⋯⋯."

아버지가 훌쩍거렸다.

"돈이란 기 있다가두 읎구 읎다가두 있는 거래유. 우리가 시방 나이가 많으니 걱정이래유, 딸린 새끼가 주렁주렁하니 걱정이래유? 우리보다 못헌 사람이 여기 얼매나 많어유? 제 집 한 칸 못 쓰는 사람두 있는데, 우린 일 년 농사 지으문 먹구 남어 내다 팔 수 있지유, 아덜 밑으루 안죽은 돈이 안 들어가지유, 당신하구 나하구 사지육신 멀쩡한데, 나이두 팔팔하구 뭐이 걱정이래유? 한 살이래두 나이 젊어서 이런 일두 당했으니 당신두 정신 차릴 거구, 잘됐네유!"

어머니가 말했다.

아버지가 사업을 한다고 돈을 날린 것은 이번이 처음이지만, 그동안에도 불쌍한 아무개, 급전이 필요한 아무개 하면서 돈을 빌려줬다가 떼인 게 부지기수였다. 어머니는 지금 그 일들이 떠올랐지만 더 꺼내지는 않았다. 다만 이 일로 남의 어려운 일에 공연히 발 벗고 나서는 남편의 버릇이 뜨거운 맛을 봤으면, 하고 바랐다.

"그놈을 찾어서 퍽 찔러 죽이구 나두 그 자리에서 죽든가 영창 가든가 할라구 찾어댕겼는데, 얼루 날렀는지⋯⋯."

아버지는 이제 목이 메어 더는 말도 못하고 훌쩍이기만 했다.

"당신은 발 패구 잠자두 사기 친 그 사람은 대대루 물래 가며 죄를 받을 거래유. 꼭 우리가 원수를 안 갚어두 그렇게 된대유. 죄는 죄대루 간대유."

어머니가 조용조용한 소리로 말했다.

아버지는 며칠을 앓았다. 아버지가 아플 땐 꼭 아기 같았다. 어머니가 그렇게 말했다. 밥도 먹지 않고 끙끙 앓는 소리를 한다고, 덩치만 컸지 속은 아이나 다름없다고 했다. 순이는 그게 무슨 말인지는 몰라도 앓고 있는 아버지는 무섭지 않았다. 목소리도 달랐다.

"순이야!"

아버지가 순이를 부르는 목소리는 아지랑이 같았다. 순이가 예, 하고 다가가면 다리를 밟아라, 등허리에 올라가서 뛰라고 했다. 다리를 밟는 건 괜찮아도 등허리에서 뛰는 건 망설여졌다. 아버지의 등이 아무리 가죽 같아도 잘되지 않았다. 하지만 아버지는 순이의 작은 발이 꽉꽉 밟는 것으로는 기별이 가지 않는다며 뛰라고 시켰다.

어쨌든 아버지가 앓고 있는 동안 순이와 철이는 행복했다. 어머니도 그랬다. 아버지는 부드럽고 따뜻했다. 작고 나직한 목소리로 무엇을 요구하고, 화를 내지 않았다.

머슴을 두자는 어머니의 말을 아버지는 듣지 않았다. 자기가 직접 농사를 지어 봐야겠다고 나섰다. 두엄 더미의 거름을 지게로 져서 북문 너머에 있는 밭과 가마골의 논으로 퍼 날랐다. 똥장군으로 똥오줌을 나르기도 하였다. 수염도 깎지 않아 더부룩했다.

그러나 날이 갈수록 아버지는 전처럼 잘 웃지 않았고, 표정에는 어두운 기운이 감돌기 시작했다. 지게를 내던지고, 담배를 오래도록 피우고, 자신은 농사꾼이 못 된다거나 사람은 책장을 넘기며 살아야 한다고, 마치 자기가 그렇게 살지 못하는 게 어머니와 순이, 철이 탓인 것처럼 넋두리를 했다.

"그러니 새끼덜은 쌀 한 톨이래두 아께서 공부를 시캐야 해유!"

어머니가 말했다.

순이는 점점 집이 싫어졌다. 산골로 들어간 할머니는 오래도록 읍으로 내려오지 않았다. 장에는 벌써 봄나물을 팔러 나오는 사람들이 있는데 할머니는 내려오려면 아직 멀었다. 설악산의 산나물은 들판의 나물들이 쇠어서 더는 사람들이 먹을 수 없도록 자란 뒤에야 산과 골짜기의 푸른 정기를 품고 자랐다. 할머니는 취와 참나물, 두릅과 고사리가 나면 그런 것들을 팔러 장으로 나올 것이었다.

순이는 문득문득 할머니가 그리워져서 아랫입술을 깨물고 고개를 무릎 사이에 박은 채 침묵하곤 하였다.

봄날은 뒤죽박죽, 변덕스러웠다. 해가 났다가 금방 구름이 덮이고, 잠잠하던 바람이 차갑게 휘휘 불고, 때로는 거짓말처럼 잠깐 우박이 떨어지고, 재티처럼 눈이 허옇게 풀풀 날릴 때도 있었다.

날씨가 이렇게 변덕스러워도, 추워서 잔뜩 웅크렸던 흙은 제 몸을 포시시 열어 헐거워진 틈으로 풀이 돋게 하였다. 냉이는 눈 깜짝할 사이에 하얀 꽃을 피우고 하늘거렸다. 돌 틈에서는 일부러 심지도 않은 달래가 삐쭉 올라와 마구 키를 키우고, 민들레는 불쑥불쑥 노란 꽃망울을 내밀었다. 개미는 늘 바쁘고 아지랑이는 사방팔방에서 몸을 배배 꼬며 허공으로 오르고 있었다.

수녀님 방에서는 또다시 할머니들이 요리문답을 새로 배우기 시작했다. 지난해 성탄절에 영세를 받은 할머니들은 이제 요리문답을 배우지 않았다. 수녀님은 순이가 꼭 영세를 받아야 한다고, 그러려면 어머니를 성당에 다니게 해야 한다고 순이를 볼 때마다 말했다. 영세를 받으라고 말하지 않는 사람은 신부님뿐이었다. 한국말을 잘 못해서 그럴지도 몰랐다.

봄 감기에 든 영이가 거의 이레나 밖으로 나오지 못하다가 오늘 처음 순이를 찾아왔다. 영이는 감기가 다 나았지만 눈가에 엷게 밴 그늘에는 앓은 흔적이 남아 있었다.

순이는 영이와 몰래 귓속말로 짜고 변소에 숨고, 영이는 혼자 공터로 갔다. 철이는 누나가 영이와 놀지 않고 저와 노는 줄 알고 댓돌에 앉아 개미집을 건드렸다. 순이는 철이 눈을 피해 집에서 도망쳤다. 철이가 끼면 영이와 제대로 놀 수 없는 데다가, 영이도 철이를 싫어했다.

순이가 숨을 할딱이며 공터로 가자 영이는 반가워 순이를 끌어안았다. 둘은 어깨동무를 하고 경중경중 뛰면서 좋아했다. 작은 공처럼 구르듯 벽돌 무더기 뒤로 가서 작은 벽돌 조각을 분이네 집 쪽으로 던졌다. 누가 그랬는지 분이네 집은 한쪽 벽이 허물어지고, 이엉도 바람에 날아가 머리털이 한 줌은 뽑힌 사람처럼 흉측스러웠다. 아이들은 귀신 붙은 집이라며, 그곳을 지나갈 때마다 꼭 침을 뱉어서 귀신을 겁주었다. 분이 아버지가 구들장 밑에 숨어 지냈다거나 굴뚝 속에 숨어 있었다거나 굴을 파고 숨어 지냈다는, 확인되지 않은 소문들이 오래도록 떠돌고, 식구들이 형무소에 갇히고, 분이가 고아원에 들어간 것은 아이들의 이야깃거리가 못 되었다.

순이와 영이는 풀을 뜯고 나뭇가지를 주워서 장사 놀이를 했다. 벽돌 위에 풀과 나뭇가지를 늘어놓고 팔았다. 돈은 말로 주고받았다.

장사를 하다가 시시해지자 땅뺏기를 했다. 둥그렇게 원을 그려 양쪽에 뼘으로 반원을 그려서 자기 집을 만든 뒤, 자기 집 가에 손톱 같은 돌멩이를 놓고 상대편 쪽으로 튀겨서 땅을 차지하는 것이었다. 순이 할머니는 땅뺏기 놀이를 못하게 했다. 왜 못하게 하는지 순이는 몰랐다.

영이는 다리를 벌리고 한껏 등을 굽혀 돌멩이를 잘 튀기려고 기를 모았다. 영이는 돌멩이를 튀기자마자 펄쩍 뒤로 넘어갔다. 순간 영이의 치마가 훌러덩 위로 올라갔다. 순이의 눈길이 영이의 사타구니에 박혔다.

"야! 니 시방 뭘 본?"

영이가 치마를 내리지도 않고 소리쳤다.

순이는 대답하지 못했다. 어둡고 붉고 무언가 살이 여린 듯하고 눅눅하고 납작한 것이 순식간에 순이 마음속으로 들어와 지워지지 않았다. 철이의 고추를 처음 봤을 때의 기분과는 너무나 달랐다. 어떻게 다른지 그건 몰라도, 순이는 나쁜 짓을 한 것처럼 가슴이 아리고 두근대고 부끄럽고 화가 났다.

"니는 맨날 빤쓰 입언? 니두 안 입구 댕기는 거 다 알어!"

영이가 말했다. 억지로 크게 말하고 나서 기침을 하기 시작했다.

순이는 아직 멍한 눈으로 아무 말도 하지 못했다. 순이는 여태 제 사타구니를 들여다본 적이 없었다. 아무리 할머니가 고추를 달고 나오지 않았다 하고, 목욕시킬 때 사타구니를 만져도 순이는 제 것이 어떻게 생겼는지 알고 싶지 않았다.

"나만 보니? 니두 보자!"

영이가 바지를 입은 순이에게 코가 닿도록 바짝 붙어 서면서 말했다. 순이는 바지춤을 움켜잡았다.

겁먹은 순이를 보고 영이가 마구 웃어 댔다. 그러다가 다시 허리를 반으로 접고 기침을 했다. 기침 덕분에 순이는 바지춤을 움켜잡지 않아도 됐다.

영이는 인사도 하지 않고 언덕길을 올라가기 시작했다. 영이의 눈가에 재티 같던 그늘은 더욱 짙어지고 얼굴은 애기똥풀꽃처럼 노래졌다. 순이는 영이가 언덕길을 다 올라가 제 집 마당으로 꺾어질 때까지 서 있었다. 그러나 영이를 바라본 것은 아니었다. 순이에게는 자동차가 일으키는 먼지구름보다 더 짙은 혼란이 생겨났다. 순이는 새로운 혼란을 또 하나의 작은 씨앗으로 뭉쳐서 마음속 무의식의 방에 숨겨 놓았다.

어머니는 뒤란의 작은 텃밭 곁, 자두나무 밑에 의자를 놓고 순이의 머리를 잘랐다. 치렁치렁하던 머리털이 뭉텅 잘려서 바닥에 떨어지자 순이는 가슴이 철렁 내려앉았다. 손으로 제 머리를 만지려 하면 어머니는 버럭 소리를 질러 꼼짝을 못하게 했다. 순이는 머리가 짧은 게 싫었다. 다 자르고 나서 거울을 보았을 때, 순이는 어머니가 너무 미웠다. 긴 머리는 다 불에 태워지고, 남은 머리카락은 귓바퀴 중간에 걸려 있었다.

이게 다 학교에 가기 위해서였다. 어머니는 순이가 입학식에 입고 갈 옷도 만들었다. 헝겊으로 책가방도 만들었다. 그러나 순이는 하나도 기쁘지 않았다. 학교에 가 봤자 귀신들만 무서울 것이었다.

드디어 입학식 날이 되었다.

아버지가 순이를 깨웠다. 순이는 정신이 없었다. 자리에서 일어나서도 아침인지 밤인지 분간이 안 됐다. 어젯밤, 학교에 간다는 생각에 잠을 이루지 못했다. 지푸라기 같은 생각들이 머리를 꽉 채웠던 것이다.

순이는 멍청히 앉아 있다가 결국 어머니가 다시 한 번 소리를 지른 다음에야 부엌으로 나갔다.

"학교 댕기기 싫녀?"

어머니가 도끼눈을 뜨고 순이에게 소리 질렀다. 순이는 어머니가 죽도록 싫어졌다. 왜 말을 꼭 그렇게 하는지, 정말 미웠다.

"누가 학교 댕기기 싫대?"

순이가 세숫대야를 집어 들며 구시렁거렸다. 마음보다 훨씬 부드러운 말투였지만, 어머니 귀에는 거슬렸다.

"거지꼴루 학교 가서 누구 망신 줄래?"

어머니도 참지 못했다.

순이는 세숫대야를 내던지고 울고 싶었지만, 꾹 참고 가마솥의 미지근한 물을 떠서 뒤란으로 나갔다. 뒤란에는 방금 아버지가 세수를 하고 간 탓에 흙이 젖고, 비누 거품도 더러 흩어져 있었다. 순이는 물에 두 손을 담근 채 젖은 흙과 마른 흙의 색깔이 다른 것을 이상하다는 듯이 바라보았다. 비누 거품이 조금씩 가라앉는 것도 보았다.

"얼릉 머리 감어!"

어머니가 내다보고 소리쳤다. 어머니는 속이 터졌다. 도대체 저 애가 뭐가 되려고 저러는지, 걱정이 태산 같았다. 다른 집 아이들 같으면 학교에 간다고 좋아서 새벽부터 일어나 준비할 텐데……. 옷도 새로 만들고 신발도 새로 사고 머리도 단정하게 싹둑 잘라 주었다. 그런데 입학식 날 아침부터 게으름을 피우다니. 왜 저런 것이 생겨서 속을 썩이는지 두고두고 넌더리가 났다.

"모가지두 씻쳐!"

어머니가 바가지에 더운 물을 떠서 세숫대야에 더 부어 주며 순이의 목을 꼬집었다. 아얏, 소리치며 몸을 피하던 순이는 하마터면 고꾸라질 뻔했다. 옷깃이 젖는 게 싫어서 늘 고양이 세수만 하는 순이의 목은 얼굴과 달리 새카맸다. 할머니가 산골로 간 뒤로는 혼자 세수를 해서 물칠 한번 제대로 하지 않았다.

아침밥은 붉은 팥밥이었다. 어머니는 새벽에 일어나 팥을 삶아 밥을 했다. 순이는 다른 날보다 많이 먹지 못했다. 밥이 잘 넘어가지 않았다. 아직도 잠이 덜 깬 것 같았다.

어머니는 순이를 혼자 학교에 보냈다. 당신은 뒷설거지를 마치고 따라가 볼 생각이었다. 하지만 순이도 혼자 가는 게 좋았다. 학교는 성당 마당에서 늘 내려다보던 곳이어서 집 마당처럼 익숙했다.

그러나 멀찌감치서 구경만 하던 학교와 직접 들어가서 본 학교는 전혀 달랐다. 교문으로 들어서는 아이들은 모두 어른들의 손을 잡고 있었다. 순이는 혼자인 것이 부끄럽고 또 이렇게 많은 사람들 틈에서 어디에 가 서야 할지 몰라 겁이 났다. 학교라는 곳이 무서운 데로구나, 그런 생각이 어렴풋이 들었다.

그러나 이건 시작에 불과했다. 순이는 곧 더 무서운 광경을 보았다. 아이들은 모두 줄을 지어 섰다. 한 번도 본 적 없는 선생님이 아이들 이름을 부르고 줄을 세웠다. 순이는 제 이름을 듣지 못했다. 아이들 뒤에 처져서 어디로 가야 할지, 왜 제 이름은 부르지 않는지, 모든 것이 아득하기만 했다. 어머니 말대로 정말 학교에 다닐 수 없는지, 아득하고 아득했다. 줄지어 서 있는 아이들 곁을 기웃거렸지만 아무도 순이를 아는 체하지 않았다.

"넌 몇 반이너?"

누가 순이에게 물어도 순이는 그게 무슨 말인지 알아듣지 못했다.

아이들이 줄지어 선 그 앞의 단상으로 교장선생님이 올라섰다. 멀리서도 얼굴 표정이 딱딱해 보였다. 마치 화를 내기 직전의 아버지 같았다. 교장선생님이 말을 하기 시작하자 갑자기 운동장마저 딱딱해지는 것 같았다. 선생님과 어른들도 굳었다. 아이들이 웅성거리거나 몸을 비틀고 옆에 선 아이와 툭탁거리기라도 하면 어른들이 얼른 다가와 무서운 눈을 해 보였다. 아이들은 무서워서 잠깐 조용해졌다.

순이는 아이들이 줄을 선 뒤에 처져서 울기 시작했다. 눈물이 하염없이 흘러내렸다. 순이는 말로 할 수 없는 두려움에 휩싸였다. 아이들과 어른들은 모두 앞을 바라보느라 뒤에서 울고 있는 아이 하나를 알아보지 못했다. 얼마 지나지 않아 뒷줄에 서서 몸을 비틀던 사내아이들 몇이 순이를 보고 수군거리기 시작했다. 그러나 그뿐이었다.

어머니는 교장선생님의 길고 긴 훈시가 끝났을 때 철이 손을 잡고 학교로 왔다. 키 작은 순이를 찾으려고 아이들 앞에 가서 훑어봤지만, 아이들이 모두 고만고만해서 순이가 어디 있는지 얼른 눈에 띄지 않았다.

"어머이! 누야가 저기서 울어!"

누나와 형들이 줄을 선 모습을 보고 무조건 신이 나서 이리저리 돌아다니던 철이가 어머니에게 다가와 흥분된 목소리로 말했다. 어머니 얼굴이 하얗게 질렸다. 손을 잡아끄는 철이를 따라 뒤로 갔다. 거기에서 땟국으로 얼룩진 순이가 징징 울고 있었다.

순이를 보는 순간 어머니는 자지러질 것 같았다. 아무리 순이가 변변치 못해도 저리 바보일 줄은 몰랐던 것이다. 입학식 날, 모두 줄을 선 그 자리를 찾지 못해 혼자 떨어져 울고 있는 바보를 어찌해야 할지 눈앞이 캄캄했다. 하도 기가 막히고 걱정이 되어 다른 때처럼 순이를 때리거나 욕을 퍼붓지도 못했다.

입학식이 끝나고 담임선생님이 아이들을 둥그렇게 모아 놓았을 때, 어머니는 순이를 배정받은 반으로 데려갔다.

"너 울었구나? 얼마나 찾았는데! 안 온 줄 알았지. 다행이다!"

머리를 한 가닥으로 땋아 내린 처녀 선생님이 허리를 굽혀 순이의 얼룩진 얼굴을 어루만지며 부드럽게 말했다. 어머니는 창피해서 아랫입술을 꾹 물고 있었다. 순이가 학교를 다니지도 못하는 바보천치가 되면 어쩌나, 무식쟁이가 되면 어쩌나, 별별 나쁜 생각만 떠올랐다.

그러나 입학식 이튿날부터 순이는 달라졌다. 공부를 시작한 뒤로는 학교에서 돌아오면 숙제부터 했다. 책가방을 방에다 던져 놓고 책을 편 다음, 엉덩이를 하늘로 추켜들고 글자를 베껴 쓰기 시작했다. 어머니, 아버지, 우리 집, 강아지……

어머니는 순이에 대한 걱정과 기대로 어지러울 지경이었다. 저러다 말겠거니, 제 아비를 닮아 시작은 잘하고 끝은 흐지부지하겠지, 나쁜 쪽으로 생각했다.

하지만 순이는 하루도 공부를 게을리 하지 않았다. 글자를 이해하는 기쁨은 순이가 여태 느낀 어떤 기쁨과도 비교할 수 없었다. 순이는 '안' 자와 '나' 자를 함께 써서 '안나'를 만들었다. 요리문답을 다 외워서 영세를 받을 때 지어 받을 본명이었다. 순이라는 이름은 이 세상에서만 불리는 이름이지만 안나는 천당에서도 불릴 이름이었다. 안나 다음에는 '주님'을 썼다. '하늘'도 쓸 수 있고 '신부님'도 쓸 수 있었다.

성당에서 얻어 온 주보(週報)를 보고 읽을 수 있는 글자들을 모아 보았다. 모두 읽지 못해 뜻은 통하지 않아도, 읽을 수 있는 글자가 생겨서 순이는 행복했다. 글자는 순이로 하여금 새

228

로운 세상으로 나아가게 하는 신기한 길잡이였다.

순이는 교과서만 읽지 않았다. 1학기가 끝나갈 때쯤에는 벽이나 전신주에 붙어 있는 벽보 글씨들, 무찌르자 공산당, 북진통일, 이승만 대통령, 자유대한, 때려잡자 빨갱이 같은 글자도 읽었다. 무슨 기념일이면 허공에 낮게 떠서 삐라를 뿌리고 사라지는 비행기를 쳐다보다가 커다란 눈송이처럼 떨어지는 삐라를 한 아름이나 주워다가 글자들을 읽고 또 읽었다.

순이의 읽기 실력은 반에서 뛰어났다. 공부를 잘한다고 칭찬도 받았다. 순이는 칭찬받는 게 몹시 부끄러웠다. 칭찬을 들으면 왠지 마음에 밧줄이 걸리는 것처럼 답답했다. 야단맞는 게 훨씬 익숙했다.

날이 갈수록 순이의 희망은 커졌다. 희망이 주는 행복감 때문에 가슴이 터질 것 같을 때도 있었다. 아버지 어머니는 아무것도 아니었다. 아무리 때리고 욕해도 천주님이나 성당이 있으면 겁날 게 없었다. 어두운 밤길에서도 천주경을 외면 무섬증이 사라졌다.

천주님과 함께 문자는, 순이가 태어난 뒤로 이제껏 익힌 세상과 가차 없이 이별하게 했다. 문자로 통하는 세계가 순이에게 새로운 혼란을 불러올지 모른다는 의심과 상상은 할 수 없었다. 순이는 정말 천국이 있다고 믿었다. 하지만 순이는 몰랐다. 자신이 익힌 문자를 통해 어린 시절 그토록 믿고 경외했던 천국과 미국이 자신을 배반하리라고는. 그것을 알게 되기까지는 시간이 필요했다.

순이는 아직 어렸고, 지금은 더할 나위 없이 행복할 뿐이었다.

순이

2010년 6월 29일 1판 1쇄
2012년 9월 10일 1판 3쇄

지은이 : 이경자

편집 : 김태희, 박찬석, 김태형
디자인 : 이혜연
제작 : 박흥기
마케팅 : 이병규, 최영미, 양현범

출력 : 한국커뮤니케이션
인쇄 : POD코리아
제책 : 정문바인텍

펴낸이 : 강맑실
펴낸곳 : (주)사계절출판사
등록 : 제 406-2003-034호
주소 : (우)413-756 경기도 파주시 문발동 파주출판도시 513-3
전화 : 031)955-8588, 8558
전송 : 마케팅부 031)955-8595 | 편집부 031)955-8596
홈페이지 : www.sakyejul.co.kr | 전자우편 : skj@sakyejul.co.kr
독자카페 : 사계절 책 향기가 나는 집 http://cafe.naver.com/sakyejul
페이스북 : http://www.facebook.com/sakyejul
트위터 : http://www.twitter.com/sakyejul

ISBN 978-89-5828-485-7 44810
ISBN 978-89-5828-473-4 (세트)

이 도서의 국립중앙도서관 출판시도서목록(CIP)은 e-CIP 홈페이지(http://www.nl.go.kr/cip.php)에서
이용하실 수 있습니다.(CIP제어번호: CIP2010002058)